華山劍宗
화산검종

한성수 新무협 판타지 소설
FANTASTIC ORIENTAL HEROES

화산검종 4
한성수 新무협 판타지 소설

초판 1쇄 찍은 날 § 2008년 5월 26일
초판 1쇄 펴낸 날 § 2008년 5월 31일

지은이 § 한성수
펴낸이 § 서경석

편집장 § 문혜영
편집책임 § 정서진

펴낸곳 § 도서출판 청어람
등록번호 § 제1081-1-89호
등록일자 § 1999. 5. 31
어람번호 § 제2-1494호

주소 § 경기도 부천시 원미구 심곡1동 350-1 남성B/D 3F (우) 420-011
전화 § 032-656-4452 팩스 § 032-656-4453
http://www.chungeoram.com
E-mail § eoram99@chollian.net

ⓒ 한성수, 2008

ISBN 978-89-251-1328-9 04810
ISBN 978-89-251-1227-5 (세트)

※ 파본은 구입하신 서점에서 교환하여 드립니다.
※ 저자와 협의하여 인지를 붙이지 않습니다.
※ 이 책은 도서출판 청어람과 저작자의 계약에 의해 출판된 것이므로,
   무단 전재 및 유포·공유를 금합니다.

華山劍宗
고대마교(古代魔敎)

화산검종
Fantastic Oriental Heroes
한성수 新무협 판타지 소설

4

청어람
도서출판

目次

31장 비무직전(比武直前)   7

32장 가교지의(架橋之意)   41

33장 보타신니(普陀神尼)   73

34장 암중모색(暗中摸索)   103

35장 고대마교(古代魔敎)   135

36장 부자유친(父子有親)   165

37장 반천구정(反天求正)   195

38장 흉신강림(凶神降臨)   225

39장 승천지룡(昇天之龍)   257

40장 고장난명(孤掌難鳴)   289

第三十一章

비무직전(比武直前)
떠났던 자가 돌아오고, 비무는 이제 곧 시작이다

華山劍宗

신묘안.

북궁세가 비각 소속 십대모사 중 한 명인 제갈근의 별호였다. 그만큼 눈이 좋다는 뜻이기도 하다.

그런데 제갈근은 근래 들어 자신의 눈을 확 뽑아버리고 싶었다. 비무초친이 시작된 후 남들보다 좋은 한 쌍의 눈 때문에 치른 고초가 이루 말할 수 없을 정도로 많았기 때문이다.

오늘만 해도 그렇다.

그는 낮에 장미부인 성옥월과 그녀의 딸이자 비무초친의 당사자인 북궁상아에게 시달린 직후 총관이자 비각의 각주인 소리장도 유성월을 앞에 두고 있었다. 필시 사대관문에서 통과자가 나온 것에 대한 잔소리를 하러 왔음이 분명하단 생각이 들었다. 각오하고 있었던 바다.

'하지만 그 녀석은 상중상을 통과했다! 나로선 어찌해 볼 도리가 없었단 말씀이야!'

내심 투덜거린 제갈근이 눈앞에 단정히 앉아 차를 마시고 있는 유성월을 힐끔거렸다. 그의 침묵이 아까부터 길어지자 속에서 이는 불안감이 갈수록 증폭되어 가고 있었다.

문득 다구를 입에서 떼어낸 유성월이 평상시와 다름없이 내심을 읽기 힘든 표정으로 말했다.

"운검이라 했던가?"

"예?"

"사대관문을 통과한 자 말일세."

"아, 예. 그렇습니다."

"화산파 무학의 일맥을 수련했고?"

"그, 그렇습니다."

대답하는 제갈근의 말끝이 떨렸다. 이마에선 어느새 식은땀이 한줄기 흘러내리고 있다. 유성월의 무심한 질문 속에서 뭔가 가슴을 때리는 어떤 느낌을 받았기 때문이다.

"그런데도 내게 특별한 보고가 없었군. 상중상의 관문을 통과한 자가 화산파 일맥의 무공을 수련했다는 것에 대한."

"그, 그것은 갑자기 장미부인과 북궁상아 소저가 연달아 소인을 찾아오시는 통에 미처……."

탁!

유성월은 뒷말을 잇지 않았다.

대신 그의 손에 들려져 있던 다구가 강하게 다탁 위로 떨어졌다.

흠칫!

제갈근이 어깨를 크게 떨어 보였다.

순간적으로 유성월에게 뺨이라도 한 대 얻어맞은 것 같다. 그런 정도의 박력을 느꼈다.

스윽!

유성월은 천천히 자리에서 일어섰다. 그와 함께 무심히 흘러나온 한마디 말.

"제갈 모사, 여태까지 수고 많았네."

"예?"

"지금 이 시각부로 자네는 더 이상 비각의 모사가 아니게 되었다는 뜻일세. 잘 가게나."

"……."

제갈근의 입이 가볍게 벌어졌다.

비각에서의 퇴출!

곧 북궁세가에서의 퇴문에 다름 아니다. 모사인 제갈근으로선 그 밖엔 특별한 방도가 없었다.

'게다가 나는 비각에 속한 모사다. 북궁세가의 무수히 많은 비밀을 알고 있어. 그런데 과연 무사히 북궁세가 밖으로

비무직전(比武直前) 11

나가는 걸 봐줄 것인가?

모사다운 의혹을 품은 제갈근이 얼른 신형을 일으켜 유성월의 앞을 가로막고 섰다. 곧바로 오체투지 역시 이어진다.

털썩!

고개를 방바닥에 박은 제갈근이 덜덜 떨리는 목소리로 말했다.

"총관님, 제발 이놈의 목숨만은 살려주십시오! 이놈에겐 팔십이 넘은 노모와 철모르는 아이들이 셋이나 있습니다요!"

"내자는 어찌하고?"

"석년에 바람이 나서 달아났습니다요!"

"허어! 그거 안됐군."

유성월이 나직이 혀를 차곤 잠시 침묵했다. 제갈근의 사정을 듣고 마음이 꽤나 흔들린 것 같다.

제갈근이 그 기회를 놓치지 않았다.

쿵! 쿵! 쿵!

연속적으로 머리를 피가 나도록 방바닥에 박은 제갈근이 두 눈 가득 눈물을 그렁하니 담았다. 장년을 훌쩍 넘긴 자신의 나이조차 잊고서 유성월에게 목숨을 구걸하고 있는 것이다.

유성월이 눈살을 찌푸려 보였다.

"본래 문사는 불사이군(不事二君)한다고 들었네. 자네 역시 그런가?"

"무, 물론입니다! 어찌 제가 가주님을 배신할 수 있겠습니까?"
"가주님?"
유성월의 나직한 반문.
그로써 제갈근은 모든 사정을 눈치 챘다.
'귀신같은 총관! 어찌 내가 가주님이 비각에 심어놓은 사람임을 눈치 챘단 말인가! 하지만 지금 내가 이곳에서 계속 고집을 부린다면 반드시 죽을 것이다!'
모사.
머리로써 세상을 사는 자다.
당연히 의리보다는 실리에 따라 마음을 정하기가 쉽다. 공맹(孔孟)의 도(道)를 논하는 문사가 아니라 자신의 빼어난 재주로써 공명을 탐하는 삶을 살기 때문이다.
잠시의 망설임 끝에 제갈근이 다시 고개를 바닥에 갖다 댔다. 결심을 굳힌 목소리 역시 뒤를 따른다.
"지금 이 순간부터 소인의 주인은 오로지 각주님뿐입니다! 그리고 반드시 불사이군할 것이옵니다!"
"그런가?"
"물론입니다!"
"흠."
비로소 유성월의 입가에 미소가 떠오른다. 그는 슬그머니 몸을 낮추더니 머리를 바닥에 갖다 대고 있는 제갈근을 부축해 일으켰다.
"팔십 먹은 노모와 어린 자식들을 버리고 달아난 년은 염려 마시게. 반드시 가랑이가 찢겨서 죽을 테니까."
"……."
제갈근이 유성월의 미소를 바라보며 몸을 벌벌 떨었다. 평생 이처럼 무서운 사람의 얼굴을 본 적이 없었다. 그런 생각이 들었다.

비각을 나선 유성월은 내당을 벗어나 외당 쪽으로 걸음을 옮겼다.
목표지는 사단!
북궁세가의 외곽을 맡고 있는 최전방이었다.
당연히 총관인 유성월의 갑작스런 방문을 받은 사단에 난리가 났음은 물론이었다. 비무초친과 삼공자 북궁휘의 행방불명으로 인해 북궁세가의 외곽 경계경비가 평상시보다 훨씬 심해져 있었기 때문이다.
곧바로 그의 앞에 사단 단주들이 모습을 드러냈다.
최선두의 북풍단 단주 북풍탈명도(北風奪命刀) 문극상을 필두로 남운단(南雲團) 단주 남도운해(南刀雲海) 여일패, 서룡단(西龍團) 단주 서룡대도(西龍大刀) 이청, 동호단(東虎團) 단주 호권동천(虎拳東天) 남획 등이 일렬로 늘어섰다. 사단의 서열이 어찌 되는지를 대충 짐작케 하는 모습이다.

동서남북과 용호풍운!

각자 그 여덟 자를 앞세운 이름을 지닌 사단의 단주들은 하나같이 북궁세가가 자랑하는 절정고수들이다. 만약 지금이라도 독립한다면 능히 한 지역을 장악할 만한 실력자들이기도 하다.

그러나 지금 유성월 앞에 모습을 드러낸 사단주들의 얼굴 표정은 가히 밝지 못했다. 근래 삼공자 북궁휘의 행방불명과 더불어 사대관문의 상중상에서 통과자를 배출하는 치욕을 연달아 겪었기 때문이다.

사단주들의 안색을 잠시 살펴본 유성월이 시선을 문극상에게 던졌다.

"문 단주, 사대관문의 상중상을 맡고 있던 두 단주가 누구인지 말해주시오."

"그게……."

"문책을 하고자 함이 아니오. 그냥 어제 사대관문에서 어떤 일이 벌어졌는지 파악하고자 함이오."

"…알겠습니다."

문극상이 반례 후에 시선을 자신의 뒤에 도열해 있던 두 단주에게 던졌다.

남도운해 여일패와 서룡대도 이청.

남운단과 서룡단의 단주다. 사단 내에서도 도법에 있어선 문극상 다음이라 일컬어지는 절정도객들이다. 만약 그들이 연수합공을 펼치고도 패배를 당했다면 문제가 아주 심각해진다. 북궁세가엔 양의쌍첨진이 있기 때문이다.

유성월이 그 같은 생각을 한 후 눈매를 가늘게 만들었다.

'하지만 그런 것치고는 특별한 상처가 없군. 혹시 내가 모르는 내가중수법에라도 당한 것인가?'

유성월의 생각대로다. 여일패와 이청은 겉으로 보기에 멀쩡했다. 어떤 부상도 당한 것 같지 않았다.

그 같은 유성월의 내심을 눈치 챈 듯 여일패가 계면쩍은 표정으로 말했다.

"솔직히 저와 이 단주는 별다른 부상을 당하지 않았습니다. 상중상의 관문에서 연수합격을 펼치지도 않았고요. 사실은 이 단주는 나서지 않고 저 혼자 상대를 했다가 관문 통과자를 냈습니다."

"어째서?"

"자존심 때문이었습니다. 서패 북궁세가의 사단주 중 둘이 별다른 별호조차 없는 무명의 청년에게 연수합격을 펼칠 순 없다고 여긴 겁니다."

"그래서 패배를 당했다?"

"그건 인정할 수 없는 패배입니다! 그 망할 놈은……."

잠시 말을 잇지 못하는 여일패를 대신해 이청이 인상을 찌푸린 채 대신 말했다.

"그 청년은 여 단주에게 삼 초 양보를 받아낸 후 기습을 펼쳐서 승리를 취했습니다. 그러니 제대로 된 승부를 벌인 건 아니라고 할 수 있습니다."

유성월이 눈매를 살짝 가늘게 만들어 보였다.

그가 아는 여일패.

호승심이 강한 게 흠이긴 하나 무력과 지모, 과감성있는 결단력까지 포함해 다른 삼단주와 비교해 결코 떨어지지 않는다. 그런 자가 비록 상대가 무명의 청년이라고 함부로 승부에 임해 양보를 하진 않았을 터다.

"이 단주, 운검이란 자가 어떻게 여 단주에게 삼 초의 양보를 받아냈는지 말씀해 주시겠소?"

"그건……."

이청이 슬며시 여일패의 눈치를 봤다. 당시의 사정을 말하기가 조금 곤란한 듯싶다.

여일패가 송충이 같은 눈썹을 꿈틀대곤 말했다.

"이 단주, 나는 괜찮소! 어차피 버린 몸! 이제 와서 가릴 것이 무에 있겠소!"

"알겠소."

대답과 함께 이청이 당시의 상황을 세세히 설명하기 시작했다.

"여 단주는 본래 곧바로 그 운검이란 청년을 제압해서 패퇴시키려 했습니다. 통과자가 없도록 하라는 명령을 충실히 지키려 한 것이지요. 하지만 그때 문제가 발생했습니다. 운검이란 청년이 여 단주의 성명절기인 운해무궁도법(雲海無窮刀法)에 대해 흉을 본 것입니다."

"운해무궁도법을 흉봤다? 어떤 부분을 흉본 것이오?"

"운해무궁도법의 방어 초식이었습니다. 그는 운해무궁도법의 방어 초식이 허접해서 자기라면 삼 초 만에 파훼할 수 있다는 말로 여 단주를 자극했습니다. 여 단주로선 결코 참을 수 없는 모욕을 당한 셈이지요."

"그래서……."

"예, 그래서 여 단주는 삼 초를 먼저 공격하라고 했고, 어이없는 패배를 당할 수밖에 없었습니다."

"……."

유성월이 이청의 말이 끝나자 물끄러미 여일패를 바라봤다. 자존심 강한 그가 반 마디조차 변명을 하지 않는 걸 보아하니, 당시에 얼마만큼 완벽하게 패배를 했는지 짐작할 수 있을 것 같다.

'운검… 역시 그 운검인 것일까?'

근래 비각을 통해 접수한 정보 하나.

아직 가주이자 주군인 북궁한경에게조차 알리지 않은 사항이 뇌리를 스쳐 간다.

잠시 침묵 속에 염두를 굴린 유성월의 시선이 자신의 오른팔이자 심복인 문극상을 향했다.

"본인은 조금 놀랐었소이다. 상중상을 지키고 있던 두 단주가 펼친 양의쌍첨진을 이길 만한 자는 현 무림 중에 별로 없다고 생각했기 때문이오."

"아마 본 가의 가주님을 포함한 사패의 주인과 구대문파 중 상위 삼대문파의 최고 고수 정도가 아니면 곤란할 테지요."

"그렇소이다. 그래서 본 가의 경계태세 등급을 현재의 병에서 을이나 갑으로 높이는 것을 신중하게 검토했는데, 두 분 단주의 증언을 듣고 보니 그럴 필요는 없을 것 같구려. 문 단주의 의견은 어떠하시오?"

갑(甲), 을(乙), 병(丙).

북궁세가의 삼단계 경계태세 등급을 뜻한다.

병은 평상시보다 조금 높은 상태의 경계태세로 밤낮으로 경비와 번을 서는 인원을 두 배 늘리는 정도이나 을과 갑은 완전히 다르다.

을은 타 문파와의 분쟁이 코앞에 이른 준전투태세이고, 갑은 완전전투태세이다. 한마디로 말해 북궁세가의 사대단과 삼당의 고수와 무사들 전체가 동원되는 상태라 할 수 있었다.

문극상이 잠시 생각에 잠겨 있더니, 곧 신중한 표정으로 고개를 저어 보였다.

"현재 본 가에는 비무초친으로 인해 타 문파의 꽤나 많은 후기지수와 손님들이 모여든 상황입니다. 만약 이러한 때에 지나친 경계태세에 들어가면 위신에 큰 타격을 입게 될지도 모릅니다."

"그러니 경계태세의 등급을 올릴 까닭은 없다?"

"지금으로도 충분하다 봅니다."

"알겠소. 대신 운검이란 자는 내가 따로 관리하도록 하리다."

"총관님께 괜스레 귀찮은 짐을 넘겨 드려 죄송할 따름입니다."

"그것도 총관인 본인의 임무 중 하나일 것이오. 내 제반 사정을 알았으니 더 이상 신경 쓰지 마시오."

"그리하겠습니다."

문극상이 허리를 숙여 보이자 뒤에 서 있던 나머지 삼단주 역시 곧 그의 뒤를 따랐다. 자칫 사단의 명예가 땅에 떨어질 뻔한 일을 유성월이 막아주겠다고 한다. 허리 한번 숙이는 것쯤 못할 까닭이 없다.

문득 굽혔던 허리를 바로 하던 문극상과 유성월 간에 얼핏 의미심장한 눈빛의 교환이 있었다.

뒤에 도열해 있던 삼단주!

어느 누구도 눈치 채지 못할 만큼 순식간에 벌어진 일이었다.

* * *

화월소축.

드디어 비무초친의 본선이 시작되는 첫 번째 날이다. 새벽부터 전날보다 더욱 부산스러워진 시비 소월의 재촉에도 불구하고 북궁상아는 침실에서 꼼짝도 하지 않고 있었다.

전날과 같은 꽃단장?

그녀는 평상시 즐겨 애용하던 녹색 무복을 걸치고 삼단같이 긴 머리는 양 갈래로 동여맸다. 화장은커녕 흔한 장신구조차 하나도 패용하지 않았다.

그 모습에 절망한 건 소월뿐이 아니다.

자신의 예쁘고 자랑스런 딸을 보기 위해 화월소축을 찾았던 장미부인 성옥월은 북궁상아의 모습을 보고 이마에 손을 댔다.

휘청거리는 몸짓.

당장이라도 쓰러질 것 같다. 무림세가와는 조금 다른 대장군부의 출신답게, 전혀 무공을 연마하지 않은 여인답게 가냘픈 모습이다.

'쳇, 또 저런 연출을 하시다니……'

북궁상아는 속아 넘어가지 않았다.

여태까지 모친 성옥월의 이 같은 의도된 모습을 꽤나 많이 봐왔다. 화가 잔뜩 난 터에 또다시 넘어가 주진 못하겠다. 그럴 생각이 전혀 없다.

살랑!

북궁상아가 양 갈래로 묶은 머리를 흩날리며 고개를 옆으로 돌렸다.

무시가 최선이란 판단이다.

그 모습을 본 성옥월이 얼른 이마를 짚고 있던 손을 떼어내곤 득달같이 침실 안으로 달려들었다.

"이 못된 것! 어미가 쓰러지려 하는데 고개를 옆으로 돌리다니!"

"어느 때보다 원기왕성해 보이시는데요?"

"뭐얏!"

목소리 끝에 힘이 들어간 성옥월이 얼른 자신의 입을 손으로 가렸다. 자신의 세련되지 못한 태도를 누군가 훔쳐보기라도 할까 봐 두려워하는 모습이다.

힐끔.

그 모습을 곁눈질로 살핀 북궁상아가 입술을 가볍게 삐죽거렸다. 모친의 이같이 남의 시선을 지나치게 신경 쓰는 모습이야말로 그녀를 가장 화나게 만든다.

"어머니, 여긴 화월소축이에요. 뭐가 무서워서 입을 가리시는 건가요?"

"내가 뭘 무서워한다는 것이냐?"

"지금 그러시고 있잖아요! 그 모습 말예요!"

"……."

북궁상아의 지적에 성옥월이 얼른 입가를 가리고 있던 손을 떼어냈다. 입매무새가 몇 차례 꿈틀거리는 것이 무언가 하고 싶은 말을 참느라 힘든 기색이 역력하다.

'불쌍하신 분! 언제나 이러시지…….'

내심 중얼거린 북궁상아가 비로소 침상에서 몸을 일으켰다. 계속 성옥월과 얼굴을 맞대고 있기가 고역이었기 때문이다.

성옥월의 눈꼬리가 곧바로 치켜 올라갔다.

"어미 말 아직 안 끝났다! 어딜 가려는 것이냐!"

"비무대로요. 오늘은 제 낭군이 될지도 모를 후기지수들이 모여서 죽어라 싸우는 날이잖아요."

"그 꼴을 하고서 비무대로 가겠다고?"

"예. 다시는 제게 궁장의나 사내를 유혹하는 구슬신 같은 걸 신게 하진 마세요. 죽으면 죽었지 그런 꼴은 절대로 하지 않을 테니까요."

"그, 그거……."

"어떻게 알았냐고요?"

"……."

성옥월이 입을 다물었다. 고집스럽고 자신의 뜻대로 모든 것을 이뤄야만 직성이 풀리는 그녀의 성격을 감안하면 놀라운 일이다.

북궁상아는 그 모습에 마음이 다시 약해지려는 걸 억지로 참고서 말을 이었다.

"어쨌든 이제부터 저는 평상시대로 행동하겠어요."
"평상시대로?"
"예."
"설마 평상시대로 꼴사납게 연무까지 하겠다는 건 아닐 테지?"
"그럴 작정이에요. 제 목적은 비무초친에서 우승한 자를 이기는 거니까요."
"아!"
 성옥월이 다시 이마를 손으로 짚고 신형을 휘청거렸다. 당장이라도 쓰러질 것 같다.
 그러나 북궁상아의 눈빛은 차갑다. 그녀의 입술이 비아냥거리듯 움직였다.
"그런 모습을 보이려거든 우아함 따윈 포기하세요! 손하고 다리를 곱게 모아 보이지 말라구요!"
"……."
 성옥월이 휘청거리던 동작을 멈췄다. 궁중 여인들이나 취해 보일 법한 손동작이나 얌전하게 모은 다리의 모양새 역시 약간의 파탄을 드러낸다.
 그러면서도 거의 변화가 없는 모습!
 모친 성옥월의 그 같은 모습을 묵묵히 지켜보고 있던 북궁상아가 나직한 한숨과 함께 침실 밖으로 나갔다.
'평생을 저리 사신 분. 내 뜻대로 고칠 수 있을 리가 없는

게지.'

그녀는 뒤도 돌아보지 않고 걸음을 옮겨갔다. 비무대가 설치되어 있는 외원의 대연무장이 목적지였다.

'응?'

북궁상아는 대연무장으로 향하는 길목에서 눈에 이채를 떠올렸다. 뜻밖의 인물을 만났기 때문이다.

"반갑구나, 상아야."

"처, 첫째 오라버니… 어떻게?"

"하하, 방금 전 도착했다. 하나밖에 없는 누이동생이 비무초친을 한다는 소식을 듣고 계속 되지도 않는 수련만을 하고 있을 순 없었거든."

북궁상아에게 웃음을 보인 삼십대 초반에 날카로운 인상을 지닌 사내가 어깨를 한차례 으쓱해 보였다.

버릇!

북궁세가의 대공자이자 지난 삼 년간 대막(大漠)으로 비무행(比武行)을 떠났다 돌아온 창천혈도(蒼天血刀) 북궁정, 특유의 것이었다.

그걸 누구보다 잘 아는 북궁상아의 미간이 자신도 모르게 찌푸려졌다.

누구보다 호쾌해 보이는 북궁정의 저 모습.

그녀는 안다.

그의 저 같은 모습 속에 숨겨져 있는 야수와 같이 섬뜩하고 무시무시한 본능을.

'대막은 살벌한 야성의 땅이라고 들었다. 중원무림의 웬만한 고수라 해도 함부로 발을 들여놓았다간 목숨을 부지할 수 없는 곳이라고 들었어. 그런데 그런 곳에서 삼 년이나 보낸 사람이 어찌 저리 멀쩡하단 말인가!'

재빨리 북궁정의 외양과 기도를 살핀 북궁상아가 내심 한숨을 토해냈다.

북궁정의 기도!

묘하게 변했다. 전날과 달리 예리하게 벼려진 칼날과 같은 기도 대신 진득한 피 내음이 인다. 그동안 꽤나 많은 사람을 베어왔음을 짐작케 하는 모습이라 할 수 있겠다.

당연히 북궁상아로선 뒤가 걱정되지 않을 수 없었다.

모친 성옥월 때문이다.

그녀는 대부인 연화정의 두 아들이 대막과 묘강(苗疆)으로 비무행을 떠난 걸 기화로 그동안 꽤나 험악하게 행동했다. 연화정을 계속 핍박했을뿐더러, 어떻게든 북궁세가 내에서 고립시키려 자신의 모든 역량을 총동원했다.

당연히 목적은 한 가지였다.

자신에게서 태어난 북궁단과 북궁열이 북궁세가의 차대 가주가 되게 하기 위함이었다. 연화정의 세력이 약해지면 그녀의 두 아들 역시 세가 내에서 기반을 크게 잃게 되리란 판단이었다.

여태까진 그녀의 선택이 옳았다.

그녀의 핍박을 견디다 못한 연화정은 북궁세가를 떠나 부근의 보문사로 몸을 피했고, 북궁단과 북궁열은 정식 후계자 자리를 약속받은 채 폐관수련에 들어갔다. 그들의 서열이 넷째와 다섯째임을 감안하면 놀라운 결과라 아니 할 수 없겠다.

하지만 지금 대공자 북궁정이 돌아왔다.

삼 년 전 북궁세가를 떠나기 전에도 가장 유력한 차대 후계자였고, 무공 역시 다섯 아들 중 가장 강했다. 도법을 펼칠 때 지나치게 살기가 짙고 패도적이란 게 유일한 흠이었을 정도인 그가 돌아온 것이다.

슥!

고심에 빠져 있는 북궁상아에게 북궁정이 다가섰다.

흠칫!

북궁상아는 느닷없이 코끝으로 훅 하고 파고든 역겨운 내음에 어깨를 가볍게 떨어 보였다. 이런 식으로 역한 냄새는 처음이었다. 구역질이 나서 견딜 수가 없을 지경이었다.

북궁정이 그 모습을 보고 걸음을 멈췄다. 그리고 북궁상아에게서 오히려 몇 걸음 떨어진다.

"미안하다.. 네 비무초친에 시간을 맞추려다 보니 중간에 목욕이나 옷을 갈아입지 못했구나. 좀 냄새가 나더라도 참아 주려무나."

"큰오라버니, 비무는… 많이 하셨나요?"

"비무?"

반문과 함께 커다란 손으로 뒤통수를 벅벅 긁어 보인 북궁정이 입가에 묘한 미소를 담았다.

"대막에는 말을 타고 다니며 마을을 약탈하는 마적(馬賊) 떼가 많지. 중원의 녹림도와는 비교가 되지 않을 정도로 지독하고 살벌한 놈들이야. 그런 놈들과 비무 따위 어린애 장난을 할 순 없었다."

"그럼?"

"죽이고! 또 죽이고! 내 칼은 삼 년 내내 피가 마를 날이 없었다. 날 대막으로 보내신 아버님께 정말 감사하고 싶을 정도로 유쾌한 나날이었어."

"……."

북궁상아가 입을 굳게 다물었다.

방금 전 맡았던 역겨운 내음.

그것이 수없이 많은 살행 끝에 북궁정의 몸에 밴 혈향임을 짐작할 수 있었기 때문이다.

*　　　*　　　*

봉무각.

운검은 새벽부터 부산을 떨어대는 소금주와 진영언의 등

쌀에 떠밀려 평소보다 빨리 밖으로 나섰다.

산뜻한 적의무복 차림.

머리는 여전히 아무렇게나 흩날리는 산발이긴 하나 평상시와 비교하면 하늘과 땅 차이라 할 수 있겠다.

그 모습을 목도한 진영언이 눈매를 가늘게 만들어 보였다. 입가에 고양이를 닮은 미소 역시 매달려 있다.

'호호, 자식, 적의무복 차림이 꽤나 잘 어울리잖아? 유연서 계집애! 혹여 저 자식한테 마음이 있는가 싶어서 걱정했는데, 제법 지 주제 파악을 할 줄 아는군.'

적의.

일행 중 유일하게 진영언과 일치하는 색깔이다. 운검과 함께 나란히 선다면 누가 봐도 두 사람 간에 모종의 관계가 있다고 여길 게 분명하다.

소금주 역시 그 같은 사실을 눈치 챘다.

부우!

양 볼을 부풀리지 않을 까닭이 없다.

'쳇! 연서 언니도 생각이 있는 거야 없는 거야! 내 운검 가가에 대한 마음을 알면서 저런 적의무복을 준비해 주다니!'

여전히 여장을 하고 있는 북궁휘와 곽철원은 별다른 생각이 없는 얼굴이다.

'오늘은 비무초친의 본격적인 본선이 열리는 날이다. 외인들은 몰라도 무수히 많은 가문의 사람들 앞에서 이런 꼴을 하

고 있는 걸 들키기라도 하는 날에는 차라리 스스로 목숨을 끊는 것만 못할 것이다!'

'깜빡 잊었다, 운검 사숙이 어째서 북궁세가의 비무초친에 참가한 것인지를. 설마… 운검 사숙은 무공을 회복했음에도 화산파로 돌아가지 않으시려는 것일까?'

제각각의 상념들.

다른 때 같았으면 운검에게 여지없이 전달되었을 터다. 그래서 그의 미간 사이에 깊은 골을 만들어냈을 터다. 두통 역시 뒤따랐을 테고 말이다.

현재 운검의 머리는 깨끗했다. 맑고 쾌청한 것이 가을 하늘의 청명함을 떠올릴 정도였다.

'개운하게 잘 잤다. 심장의 고통 역시 많이 완화되었구 말야. 오늘은 정말 즐거운 하루가 되겠어. 응?'

운검이 입가에 흐릿한 미소를 만들어낼 때였다. 다른 사람들과 한 걸음쯤 떨어져 거리를 유지하고 있던 유연서가 허리의 황룡고검을 가볍게 흔들며 운검에게 다가왔다. 그녀의 손에는 푸른색 영웅건 하나가 들려져 있다.

"운 소협, 이걸로 머리를 단정히 하세요."

"그건……."

"영웅건이에요. 비무초친에 참가한 다른 소협들은 대부분 이걸 매고 있더군요. 하긴 비무나 격전 중에 머리가 흘러내려 시야를 가리게 되면 곤란할 테지요."

"그래서 이걸 준비한 것이오? 날 위해서?"

"장포를 만드는 것보다는 쉽더군요. 여전히 자수는 다른 사람한테 부탁해야 했지만요."

"……."

운검이 잠시 유연서의 고운 얼굴을 바라보다 냉큼 영웅건을 받아 들었다.

현재 입고 있는 적의장포와 마찬가지다.

푸른색 영웅건에는 눈에 보일 듯 말 듯 아름다운 용무늬가 수놓여져 있었다. 용이란 본시 황제를 상징하는 신수(神獸)이니만치 일부러 이리 처리했음이 분명하다.

'이거 장포나 검도 그렇지만, 이 정도 자수라면 분명 값을 비싸게 쳐줘야만 했을 터인데… 좋구만.'

영웅건에 수놓인 자수를 살피다 다시 유연서를 향하는 운검의 눈동자에 부드러운 기색이 어렸다.

줄곧 그녀에 대해 가지고 있던 경계심이 어쩔 수 없이 크게 누그러지고 말았다. 계속되는 선심성 선물 공세에 넘어가 버리고 만 것이었다.

우연인가?

유연서 역시 운검과 눈을 맞췄다.

때맞춰 미미하게 입가에 떠오른 부드럽고 아름다운 미소 하나.

"다행히 생각보다 잘 어울리시네요."

"고맙소. 하지만 이거 자꾸만 받기만 하니, 미안해서……."
"멋진 비무를 보여주세요. 그거면 족합니다."
"알겠소! 오늘 비무는 유 소저를 위해서 내 반드시 최선을 다하겠소!"

운검의 호언장담에 진영언과 소금주의 얼굴이 화악 일그러졌다. 방심하고 있던 유연서에게 완전히 뒤통수를 맞았다는 생각이 든 까닭이다.

'저, 저년이! 얌전한 척 온갖 내숭을 다 떨더니, 할 건 다 하네!'

'아앙! 연서 언니, 저런 고난이도의 수법을 운검 가가에게 사용하다니! 미워!'

운검은 신경 쓰지 않았다.

'어차피 오늘 이겨봤자 비무의 최종 승리자가 되진 않으니까 하루쯤은 화끈하게 실력을 보여줘도 상관없을 테지. 이런 값비싼 물건까지 받았으니 말야.'

내심의 중얼거림과 함께 운검이 유연서에게 한차례 고개를 끄덕여 보이곤 시선을 북궁휘에게 던졌다.

"궁 소저, 비무초친의 본선은 단지 사흘뿐이야. 최소한 내일까지는 탈락하지 않고 버틸 작정이니까, 그동안 네 성질 사나운 여동생과 화해하도록 해라!"

"예, 명심하겠습니다! 그런데 사부님……."
"왜?"

"그 궁 소저란 호칭은 좀 어떻게 안 되겠습니까?"

"싫어."

"……."

단 한 마디로 북궁휘의 옥용을 일그러지게 만든 운검이 대소와 함께 봉무각 밖으로 걸음을 옮겼다.

어느새 비무 시각이 임박했다.

이젠 슬슬 대연무장을 향해야만 할 시간이었다.

인상을 쓴 북궁휘와 곽철원, 소금주 등이 얼른 그의 뒤를 따랐다. 일단은 운검과 일행이란 명분으로 북궁세가에 들어온 만큼 비무 시간 동안은 무조건 그와 행동을 같이 해야만 했다.

* * *

대연무장.

웬만한 문파나 세가의 연무장 규모를 족히 몇 배는 뛰어넘는 크기라 앞에 대(大) 자가 붙었다.

지금 그곳에는 섬서성과 인접 지역에서 몰려든 후기지수와 동행한 자들이 삼삼오오 모여 있었다. 오늘이야말로 비무초친의 본선이 벌어지는 첫날이었기 때문이다.

그들의 시선이 일제히 향한 장소.

대연무장 중앙에 마련된 일 장 높이에 십오 장 너비의 비무대다. 그곳의 한 켠에는 십여 개의 좌석이 마련되어 있는데, 오늘 참관인을 맡은 각문각파의 명숙들과 북궁세가의 요인들이 차지할 자리였다.

'비무대 위에 마련된 좌석의 숫자가 고작해야 십오륙 개뿐이라니!'

'저 중에 네댓 개는 필시 북궁세가 몫일 테고, 기껏해야 열 개 정도가 타 문파에게 할당된 자리일 터인즉. 결코 우리 문파의 명성과 세력이 부족해서 저 자리를 차지하지 못한 건 아닐 것이다.'

'쳇, 필시 저 비무대에 자리를 양도받은 문파 출신들이 판정상에 이로움을 얻을 것인데……'

'분하다! 저 비무대에 우리 문파 출신의 어른이 자리를 잡았어야 했을 것을!'

후기지수들은 하나같이 비무대 위의 텅 빈 자리들을 바라보며 내심 분한 표정을 지어 보였다.

하나같이 명문의 제자들!

다른 사람들의 양보가 당연하다는 특권 의식은 기본적으로 가지게 마련이다. 이번 비무초친 역시 마찬가지다. 적어도 그런 생각을 삼 푼쯤은 가지고 참가했다. 비무대 위의 빈자리에 아쉬움을 느끼는 이유였다.

특권을 누리는 데 익숙해진 자들!

평등이라는 것 자체가 문제가 되기도 한다.

물론 그렇지 않은 자도 있긴 하다.

뭇 후기지수들과 따로 떨어져 서 있는 적의청년, 호위인 독종오사를 대동하지 않은 채 대연무장으로 온 당무결이다.

유일한 사천인.

그로 인해 그의 주변엔 어떤 후기지수도 함께하지 않고 있었다. 오히려 가끔 묘한 질시와 경계의 눈빛을 던지곤 했다. 그가 섬서성과는 꽤나 멀리 떨어진 사천 태생일 뿐 아니라 당가주의 급조된 양아들임을 알고 있었기 때문이다.

'쯔쯧, 한심하군. 사천당가! 과거 한때나마 사패와 어깨를 나란히 할 정도였던 사천의 패주가 북궁세가의 데릴사위 자리를 노리다니!'

'쳇! 섬서성과 멀리 떨어진 문파나 세가들 중 어느 곳도 비무초친에 응하지 않았는데, 멀고 먼 사천에 위치한 당가에서 참가하다니!'

'양아들이 아니라 그냥 방계의 얼빵한 녀석 아냐? 그렇지 않고서야 당가주가 북궁세가의 데릴사위를 노리고 보내진 않았을 텐데…….'

현재의 당가.

과거처럼 다른 지역을 압도할 정도로 거대한 사천의 패주는 아니다. 전날 벌어진 의문의 대혈사로 인해 세력이 크게 약화된 까닭이다.

그러나 그저 퇴락한 군소세가로 분류될 정도로 허접한 전력 역시 아니었다. 최소한 구대문파에 속한 아미파(峨嵋派)와 운남(雲南) 창산(蒼山)의 점창파(點蒼派)에 비견될 만한 세력은 유지하고 있다는 게 세간의 중평이었다.

당연히 당무결은 후기지수들에겐 요주의 대상이었다. 질시와 멸시의 표정 깊숙한 곳에 경계심이 도사리고 있는 것도 무리는 아니었다.

그러나 당무결은 그런 후기지수들에게 전혀 관심이 없었다. 아직 비무대 위에 모습을 드러내지 않은 북궁세가의 요인이나 타파의 명숙 역시 마찬가지다. 북궁세가의 가주인 서방도신 북궁한경 정도가 아니고선 그의 관심을 끌 만한 자가 없었기 때문이다.

'늦는군.'

당무결은 텅 빈 비무대 위를 바라보고 있다가 시선을 이리저리 둘러봤다. 전날 자신의 암흑파천을 막아낸 운검의 도착이 늦는다는 판단이었다.

그때다.

마치 그의 속마음을 읽기라도 한 듯 운검 일행이 대연무장에 모습을 드러냈다.

어찌 보든 눈길을 끄는 요소를 다분히 간직한 구성원!

홀로 선 당무결이나 텅 빈 비무대 쪽에만 집중되어 있던 후기지수들의 시선이 대번에 분산되었다.

운검?

눈에 들어오지 않는다. 그의 뒤를 따르는 네 명의 꽃다운 여인들에 눈이 확 뒤집어졌기 때문이다.

'헉! 내 평생 북궁상아 소저만 한 미녀는 보지 못할 줄 알았거늘!'

'떼다! 떼로 미녀들이 나타났어!'

'게다가 다채롭다! 부드럽고 포근한 미소의 미녀와 묘하게 중성적이면서도 여인답지 않은 장신의 미녀, 당장이라도 활활 불타오를 것 같은 화끈요염한 미녀, 마지막으로 깜찍하고 소녀적인 미소녀까지!'

'죽인다! 죽이게 예뻐! 네 명 모두 죽이게 예쁘다구!'

후기지수들은 열광적인 시선을 네 여인들에게 던졌다. 어제까지 북궁상아에게 집중됐던 관심보다 더하면 더했지 결코 못하지 않았다.

빙긋!

운검은 자신 쪽을 향해 무더기로 쏟아지고 있는 뜨거운 시선의 폭주에 문득 입가에 즐거운 미소를 매달았다. 농담 역시 그 뒤를 따른다.

"궁 소저, 오늘도 인기가 무척이나 좋군."

"사부님, 제발……."

북궁휘는 혹시라도 자신의 정체가 들통날까 봐 최대한 목소리를 낮춰 항의했다. 북궁세가 안에 들어온 후 계속 여장을 해서인지 이젠 목소리도 제법 간드러진 게 그럴듯하다.

운검은 개의치 않았다.

어차피 북궁휘가 절대로 자신의 본색을 드러내지 못할 걸 잘 알고 있다. 이럴 때 마음껏 놀려먹지 못한다면 언제 그럴 수 있단 말인가.

그는 다시 입가에 웃음을 담고 농담을 던지려다 시선을 가늘게 만들었다. 타 후기지수들과 따로 떨어진 채 자신을 주시하고 있는 적의의 사내가 눈에 들어왔기 때문이다.

'저자는……'

운검의 시선을 좇아 적의사내를 눈으로 살핀 곽철원이 고자질하듯 말했다.

"사숙님, 저자가 바로 사천당가주 천수천독 당중경의 양자인 적룡수 당환경입니다!"

'그렇군.'

운검이 미미하게 고개를 끄덕여 보였다.

적룡수 당환경.

전날 자신에게 암흑파천을 펼쳤을 가능성이 가장 높은 인물이다. 최소한 상당한 관련이라도 있을 터였다. 그럴 거라 짐작하고 있었다.

두근!

마치 기다렸다는 듯 심장이 또다시 뛰어왔다. 전날처럼 강한 고통을 전해주진 않았으나 상당히 부담이 되는 느낌이다.

짐작이 확신으로 바뀌지 않을 수 없다.

 그때 여태껏 텅 비어 있던 비무대 위로 십수 명의 인물들이 각자 극히 빼어난 신법을 자랑하며 뛰어올랐다. 드디어 북궁세가의 요인들과 참관인 자격으로 초빙된 무림명숙들이 모습을 드러낸 것이다.

 비무초친!

 이제 슬슬 시작되려 하고 있었다.

第三十二章

가교지의(架橋之意)
스스로 완성하기 위함이 아니라 가교가 되고자 한다

비무대 위.

대연무장에 모여 있던 대다수 인물들의 시선이 운검 일행에게 쏠려 있는 동안 모습을 드러낸 자들의 면면을 보자.

일단 북궁세가 측에선 총관 소리장도 유성월 외 삼당 중 으뜸인 장생당(長生堂)의 원로 세 명이 내부 참관인 자격으로 함께하고 있었다. 일명 경로당(敬老堂)의 출동이었다.

그리고 나머지 두 사람.

대공자 창천혈도 북궁정과 청명뇌음도 북궁상아가 급조된 두 개의 자리를 차지한다. 얼마 전 북궁세가로 복귀한 북궁정이 유성월을 찾아가서 거의 생떼에 가까운 난리를 부려서 만들어낸 자리였다.

덕분에 조금씩 자신들의 자리를 양보해야만 한 열 명가량의 무림명숙들의 표정은 가히 좋지 못했다.

비무초친의 참관인이 되어달란 정중한 요청에 의해 북궁세가를 찾았다. 그런데 처음부터 자리를 양보하는 신세가 되었다. 기분이 좋을 까닭이 없었다.

소림사(少林寺)의 장경각주(藏經閣主)인 법혜 선사(法慧禪師).

무당파(武當派)의 진무각주(振武閣主)인 태청 진인(太淸眞人).

종남파(終南派)의 육대장로 중 한 명인 육지수사(六指秀士) 이결.

개방(丐幫)의 전공장로인 팔비신타(八臂神打) 용호개(龍虎丐) 등등……

그들의 면면은 결코 북궁세가 측 인사들과 비교해 못하지 않았다. 보통 때라면 고작해야 한 가문의 혼사를 결정짓는 비무초친의 참관인으로 참석할 만한 인사들이 아니라 할 수 있었다.

당연히 이번 비무초친에 자신의 문파나 가문에서 참관인을 내지 못한 것에 불만을 품고 있던 후기지수들은 입을 굳게 다물 수밖에 없었다. 비로소 이곳이 현 천하를 사등분하고 있는 사패 중 하나인 북궁세가임을 자각하게 된 까닭이다.

거만한 자세로 대연무장에 모인 후기지수들을 눈으로 살피고 있던 북궁정이 문득 시선을 유성월에게 던졌다.

"유 총관, 저 우르르 몰려 있는 녀석들 중에 이번 비무초친의 우승 후보자는 누구요?"

"큰오라버니!"

북궁정의 짧은 말투에 북궁상아가 얼른 질책의 목소리를 높였다.

유성월.

명실상부한 현 북궁세가의 이인자이다. 비록 북궁정이 대공자의 신분이라곤 하나 함부로 하대를 할 순 없었다. 그 점을 북궁상아는 일깨워 주려 했다.

그러나 북궁정은 조금도 개의치 않았다. 그의 시선은 여전히 거만함을 담은 채 유성월을 향하고 있었다.

유성월 역시 마찬가지다. 그는 아무렇지도 않게 북궁정의 질문에 응답했다.

"아무래도 뇌풍도문이 자랑하는 풍운삼도의 첫째인 남강과 유가검보의 검준 유엽을 들 수 있겠지요. 그리고 거산보(巨山堡)의 벽력곤(霹靂棍) 호경정과 석천(石泉) 지역에서 유명한 고수인 송풍검객(松風劍客) 전강의 독자인 소검(笑劍) 전일비도 그에 못지않은 무위를 지닌 것으로 사료됩니다."

"하나같이 섬서와 주변 성시에서 이름을 드날리는 후기지수들이로군. 아주 일반적이고 평범한 대답이야."

"본래 이런 일은 대부분 그렇습니다. 애초에 세간에 널리 퍼져 있는 명성과 사승 내력을 고려해서 배첩을 보내게 마련이니까요."

"그럼 배첩을 받지 않고서도 오늘 이 자리에 도달한 자는 어떻지?"

"사대관문을 통과한 운검이란 자를 말하시는 겁니까?"

"그래."

대답과 함께 북궁정이 시선을 다시 비무대 아래로 던졌다. 그러자 곧바로 그 뒤를 유성월의 시선이 좇는다.

문득 심유한 눈 깊은 곳에 흐릿한 안광을 만들어낸 유성월의 입꼬리가 살짝 치켜 올라갔다.

"저자는 요주의 인물입니다. 어쩌면 앞서 언급됐던 자들보다 더욱 우승권에 가까운 자일 수도 있을 정도로. 하지만 진짜 목적이 무언지는 좀 더 지켜봐야만 할 것 같습니다."

"그런가?"

"예."

북궁정의 심드렁한 반문에 이번엔 유성월의 대답이 곧바로 이어졌다. 그에 호기심이 동한 북궁상아가 그들의 뒤를 좇아 비무대 아래로 시선을 던졌다.

'응? 저자는······.'

눈에 확 띄는 적의무복 차림의 운검을 발견한 북궁상아의 눈에서 이채가 스쳐 갔다.

전날.
달빛 아래서 싸웠던 운검의 얼굴을 기억해 낸 까닭이다.

운검과 당무결.
두 사람은 누가 먼저라 할 것 없이 서로에게 시선을 고정시킨 채 잠시 동안 침묵을 지키고 있었다.
심중에서 회오리치는 파문!
일시 두 사람은 대연무장에 모인 수많은 사람들을 유리(遊離)시켰다. 오직 상대에 대한 탐색에만 집중하고 있었다. 그렇게 함으로써 유리한 고지를 선점하려 했다.
그러다 운검 쪽으로 당무결이 천천히 다가들었다. 먼저 움직임을 보이기로 마음먹은 것이었다.
"저기……."
어렵사리 입을 떼며 운검 일행 쪽으로 다가들던 후기지수 하나가 갑자기 흠칫 몸을 떨어 보였다.
짜릿한 느낌!
갑자기 전신으로 전류가 흐른 듯한 강렬한 내기가 파고들었다. 그리고 절로 다리가 꺾이고 신형 역시 제대로 가누지 못하게 되었다. 자연스럽게 그리되었다.
휘청!
그사이 당무결이 비틀거리는 후기지수를 제치고 운검에게 바짝 다가섰다. 얼핏 운검의 뒤에 서 있는 곽철원 쪽을 바라본 그의 입가에 흐릿한 미소 하나가 떠올랐다.

"본인은 사천당가에서 온 적룡수 당환경이라 하오. 형장은 화산파의 인물이 맞겠지요?"

"화산파와 인연이 있는 건 맞소."

"인연만 있다?"

"화산을 내려온 지 제법 됐다는 뜻이오."

"아하!"

당무결이 뭔가 깨달았다는 듯 고개를 끄덕여 보였다. 그리고 곧바로 움직임을 보인다.

스슥!

순간적으로 운검과의 간격을 좁히며 다가선 그의 수장이 기쾌한 변화를 일으켰다.

최심장(催心掌)!

당가비전의 장공이다.

정파제일이라 평가받는 암기술을 이루기 위해 필수적으로 익히는 쾌장(快掌)으로, 속도만으로 따지자면 능히 정파오대장공에 들어갈 만하다.

화산파의 죽엽수 역시 그에 못지않게 빠르다.

운검은 두 번 생각할 것도 없이 구궁보를 밟아 신형을 뒤로 물린 후 죽엽수을 펼쳤다. 기습적인 최심장의 기세를 약화시킨 후 바로 반격에 나선 것이다.

파팍!

운검과 당무결이 번개같은 공수와 함께 반 발짝씩 뒤로 물러섰다.

'초절정고수!'

'역시 재밌는 자군. 죽엽수의 내공은 그리 높지 않아. 그런데 기묘하게도 내가 쏘아낸 내가중수법이 전혀 몸속을 투과하지 못하고 있어. 어째서이지?'

운검과 당무결은 잠시 동안 서로를 바라보며 침묵에 잠겼다. 상대에 대한 평가를 조금씩 수정할 필요가 있다는 판단이었다. 방금 전의 일합대결로 그리할 수밖에 없게 되었다.

그때다. 운검과 당무결의 일합대결이 있자 곧바로 앞으로 나선 세 여인의 뒤에 몸을 가리고 있던 유연서가 두 사람 사이로 끼어들었다. 몹시 빠르다.

슥!

그녀는 그냥 나서기만 한 것이 아니다.

어느새 검갑을 떠난 황룡고검!

검봉이 향한 건 당무결의 인후혈 쪽이었다. 서늘한 목소리가 그 뒤를 따른다.

"운 소협은 곧 비무에 나서야 할 몸이에요. 당 소협에게 비무 상대가 필요하다면, 제가 상대해 드리도록 하죠."

"황룡고검?"

"맞아요."

유연서의 대답이 떨어진 것과 동시였다. 눈을 한차례 가늘게 떠 보인 당무결이 또다시 신형을 뒤로 물렸다. 한꺼번에 족히 세 걸음 이상 움직였다.

척!

그 뒤에 이어진 포권지례!

유연서와 운검에게 연달아 정중한 인사를 보낸 그가 곧바로 신형을 돌려세웠다. 느닷없는 급공을 펼쳤던 걸 생각하면 깜짝 놀랄 만큼 빠른 포기였다.

운검이 문득 소리쳤다.

"비무대 위에서 뒤를 기대하겠소!"

"나 역시!"

끝내 고개 한 번 돌리지 않은 당무결이 슬그머니 손을 들어 한차례 휘저어 보였다.

그때 갑자기 천지사방에서 커다란 북소리가 대연무장 내부로 울려 퍼졌다. 사방에 설치되어 있는 십여 개의 대고(大鼓) 쪽에서 들려오는 소리였다.

둥! 둥둥둥둥둥!

'대고가……'

북궁상아는 운검 일행 쪽에서 일어난 소요에 잠시 정신을 팔고 있다가 화들짝 놀랐다. 비무초친 비무대회의 시작을 알리는 대고 소리에 놀란 것이다.

과연 방금 전까지 북궁정과 함께 한담을 나누고 있던 유성월이 천천히 자리에서 일어섰다.

오늘 그가 맡은 역할은 참관인이 아니었다.

비무초친 비무대회의 진행자이자 책임자였다.

이제 그 역할에 충실하게 임할 때가 되었음이었다. 북궁상아의 시선을 뒤로하고 그가 비무대의 중심으로 신형을 이동시켰다.

슥!

평범하나 깨끗한 신법.

한차례 발끝을 움직이는 것만으로 비무대의 중심에 이른 유성월이 정중하나 속되지 않은 포권과 함께 목청을 높였다.

"천하의 영웅호걸기재 제위들이여! 오십여 년 만에 재개된 북궁세가의 비무초친에 참가한 걸 환영하는 바이오!"

"우와아!"

"우와아아아!"

언제 운검 일행 쪽에 정신을 빼앗겼냐는 듯 대연무장에 모인 후기지수들의 입에서 일제히 함성이 터져 나왔다. 간간이 북궁세가의 총관이자 이인자인 소리장도 유성월에 대한 인물평들이 이리저리 오갔음은 물론이었다.

그렇게 비무장 쪽으로 몰려든 후기지수들의 시선과 함성이 잦아들기를 기다린 유성월이 다시 목청을 높였다.

"익히 설명했다시피 이번 비무초친 비무대회의 우승자에겐 북궁세가의 청명뇌음도 북궁상아 소저의 부군이 될 기회가 주어질 것이오! 또한 무림의 기보(奇寶)인 적룡신갑이 주어지게 될 것이니, 부디 최선을 다해 오늘부터 삼 일 동안 본신의 절기를 마음껏 펼쳐 보이기 바라오!"

"우와아!"

"우와아아아!"

또다시 함성이 대연무장을 진동시켰다. 한차례 비무대회의 우승으로 미인과 기보를 동시에 얻을 수 있다. 게다가 명성과 부귀까지 덤으로 따라온다. 함성이 절로 터져 나오지 않을 까닭이 없었다.

그 뒤.

유성월에 의해 비무 시의 세부 규칙들이 열거되었고, 추첨을 통해 총 여덟 개 조의 비무대진표가 완성되었다. 오래전부터 대회를 준비해 온 만큼 모든 일이 일사천리로 진행되었다. 딱 한 가지만 빼고.

절대로 통과해선 안 될 사대관문을 통과한 유일한 자!

바로 운검의 존재였다.

환희와 탄성, 다분한 경계심!

후기지수들 속에 끼어서 자신이 포함된 탓에 꽤나 복잡한 대결 구도가 된 비무대진표를 묵묵히 지켜보고 있던 운검이 북궁휘에게 몰래 말했다.

"휘야, 지금이야말로 네가 하고 싶은 일을 행할 때다. 망설이지 말고 지금 당장 움직이도록 해라."

"사부님, 그걸 어떻게……."

"쳇! 내가 달리 사부겠냐? 모든 면에서 제자를 압도할 수 있으니까 사부인 게다."

"……."

대답 대신 침묵을 선택한 북궁휘에게 운검이 다시 입가에 미소를 띄운 채 재촉하듯 말했다.

"아무튼 일단은 어찌 된 일인지 이유를 묻지 않으마. 너 역시 괜스레 질문이나 의문 같은 거 집어던지고 어서 이곳을 빠져나가라. 네 안방이니, 개구멍 같은 건 제대로 파악하고 있을 테지?"

"…예."

"그럼 뭘 망설여. 어서 가라!"

운검의 연이은 재촉에 북궁휘가 잠시 망설이다 얼른 고개를 숙여 보였다. 곧바로 궁장 자락을 끌며 신형을 뒤로 물렸음은 물론이었다.

환상과 같은 유성삼전도!

비무대진표에 온통 정신을 빼앗기고 있는 대연무장 내 사람들의 시선을 피하기엔 딱이다. 궁장 자락을 양손으로 치켜 올린 그의 빠르고 은밀한 움직임을 어느 누구도 눈치 챌 수 없었다.

*   *   *

 한낮임에도 어둠에 파묻힌 방 안.
 가주전 뒤켠에 마련되어 있는 침실에 홀로 누워 있던 북궁한경이 갑자기 감고 있던 눈을 떴다.
 번쩍!
 일시 어둠 속에 파묻혀 있던 공간에 두 개의 광구가 모습을 드러냈다가 사라졌다. 북궁한경의 눈에서 일어난 신광이 나타날 때와 마찬가지로 빠르게 소멸한 때문이다.
 "휘아가 온 것이냐?"
 "…예."
 대답과 함께 침실의 어둠 속을 헤치며 다가온 그림자가 침상 아래 부복했다.
 살랑이는 궁장의 자락!
 그림자의 정체는 운검의 명에 의해 몰래 대연무장을 빠져나온 북궁휘다.
 그는 부친 북궁한경과 자신만 알고 있는 비밀 통로를 통해 손쉽게 가주전에 침입하는 데 성공할 수 있었다. 이미 여러 번 해온 일이기에 크게 어렵지 않았다.
 비록 칠흑 같은 어둠 속이라 하나 북궁한경에겐 한낮이나 다름없다. 북궁휘의 지나칠 정도로 잘 어울리는 여장 차림을 곁눈질한 그의 눈살이 가볍게 찌푸려졌다.

"어쩌다 그런 꼴이 된 것이냐?"

"본 가에 몰래 침입하려다 보니 이리되었습니다. 용서해 주십시오."

"외인과 함께 공모를 했겠군. 누구냐?"

"제 사부님입니다."

"사부?"

반문과 함께 북궁한경의 두 눈에서 또다시 신광이 일어났다. 그만큼 북궁휘가 한 말은 그의 심중을 크게 건드렸다.

북궁휘의 대답이 이어졌다.

"그분은 제 목숨을 구해준 은인이자 사적으로 제 의형이기도 합니다. 친인이나 다름없는 분이니 걱정하지 않으셔도 될 거라 생각합니다."

"친인이나 다름없다라……."

나직한 뇌까림과 함께 북궁한경의 입에서 갑자기 격렬한 기침이 터져 나왔다. 초인이라 불리는 그의 무위를 생각한다면 상상조차 할 수 없는 일이다.

"아버님!"

크게 놀란 북궁휘가 부복을 풀고 다가서려 하자 입을 손으로 가린 북궁한경이 다른 손을 들어 보였다. 다가서지 말라는 뜻을 분명히 한 것이다.

그 뒤 잠시 동안 이어진 나직한 헐떡임.

가까스로 터져 나오는 기침을 수습하는 데 성공한 북궁한경이 입에서 손을 떼어내곤 씁쓸한 표정을 지어 보였다.
 피!
 그의 입을 막았던 손에 홍건히 묻어 있는 액체의 이름이다. 그런데 희한하게도 붉은색이 아니다. 물감이라도 들어간 듯 연분홍색을 띠고 있었다.
 '드디어 만성지독이 심맥에까지 파고든 것인가……'
 만성지독!
 독중지독(毒中之毒)이라 불릴 정도의 극독이다. 천하에서 유일하게 절대고수의 만독불침지신(萬毒不沈之身)을 깨뜨릴 수 있는 독이기도 하다.
 그만큼 하독(下毒)은 어렵다.
 아주 오랜 기간 동안 지속적으로 절대고수가 결코 알아채지 못할 정도로 소량의 독이 투입되어야만 하기 때문이다.
 당연히 그런 일을 가능케 하기 위해선 반드시 친인이 하독에 참여해야만 한다. 그게 독문(毒門)의 정설이었다. 금기서화뿐 아니라 천하 각문각파의 절기나 사정에도 밝은 북궁휘가 그 점을 모를 리 없다.
 '도대체 어떤 자가 감히 아버님께 이런 짓을!'
 내심 분노성을 터뜨린 북궁휘가 북궁한경에게 떨리는 목소리로 말했다.
 "아버님, 하독을 당하신 지 얼마나 되신 겁니까?"
 "최소한 삼 년은 되었을 것이다."

"아!"

북궁휘의 입에서 나직한 신음이 터져 나왔다.

삼 년.

지속적으로 만성지독이 투입되었다면 돌이키기 어려울 정도로 중독이 진행되었을 만한 기간이다. 기침과 함께 터져 나온 피가 그 점을 확인시켜 준다.

그러나 기침을 멈춘 북궁한경의 태도는 변함이 없었다. 오히려 더욱 군건해진 표정을 한 채 북궁휘를 바라본다.

"아직은 괜찮다. 비록 만성지독의 독기가 심맥에까지 도달했으나 내 소천신공을 아직 허물어뜨리진 못했다. 이제 더 이상 대낮의 햇빛을 보진 못하는 몸이 되어버렸지만 말이다."

"아버님……."

북궁휘의 목소리 끝에 가느다란 떨림이 담겼다.

언제나 태산 같던 부친!

지금 역시 마찬가지다. 여전히 그는 누구보다 강하고 오만한 사람이었다.

'아버님은 여전하시다. 내가 소천신공과 창파도법에 소질이 없는 걸 아시곤, 몇 권의 검법서와 단장검을 던져 주실 때와 전혀 변한 것이 없으시다.'

내심 약해지려는 마음을 다잡은 북궁휘가 눈빛을 차갑게 가라앉혔다.

"큰형님께서 예정보다 빨리 돌아온 건 역시 아버님의 명

때문이겠지요? 소자가 할 일을 명해주십시오!"

"그전에 물어볼 게 있다."

"하문하십시오."

"소천신공과 창파도법은 마음속에서 지워 버렸더냐?"

"예, 깨끗이 지워 버렸습니다."

"집을 떠나더니 성장했구나. 그건 역시 사부를 둔 까닭이겠지?"

"그런 것 같습니다."

북궁휘의 간결한 대답에 북궁한경의 입가에 묘한 미소가 번져 나왔다.

북궁휘의 사부.

누군지 궁금하다. 북궁세가에 스며든 어둠을 거둬낸 후 꼭 한 번 만나보고 싶다.

'정아와 휘아가 왔다. 도각(刀閣)과 장생당의 고수들을 이용해 본 가를 정리한 후 만나도 늦진 않으리라!'

문득 일어난 궁금증을 뒤로 물린 북궁한경이 북궁휘에게 자신의 계획을 말해주기 시작했다.

            *   *   *

비무초친 비무대회의 첫 번째 날이 끝났다.

탈락자는 총 서른두 명.

그중 운검은 포함되어 있지 않았다. 유연서에게 약속한 대로 멋지게 첫 번째 비무를 부전승으로 장식한 결과였다.

'쳇! 휘 녀석, 끝내 나타나지 않았군.'
 운검은 봉무각에 딸린 정원을 홀로 거닐던 중 눈살을 살짝 찡그려 보였다.
 북궁휘와 북궁세가에 얽힌 사연.
 천사심공의 도움을 받지 않았기에 확실히 아는 바는 없다. 그냥 막연하게 대충 예상했을 뿐이다. 여동생인 북궁상아의 비무초친 때문에 자신을 모살하려 한 암중 인물이 있는 북궁세가로 돌아오려 하진 않았을 거란 판단 때문이다.
 그러나 북궁세가가 어둠 속에 완전히 물들기까지 북궁휘가 돌아오지 않은 건 예상 밖의 일이었다. 겉으로 티를 내진 않았으나 은근히 걱정되지 않을 수 없다.
 그때다. 운검 혼자 서성거리고 있는 정원으로 불쑥 늘씬한 그림자 하나가 모습을 드러냈다.
 간소하면서도 꽤나 대담한 구성의 녹의무복 차림.
 북궁세가의 금지옥엽이자 이번 비무초친의 주인공이라 할 수 있는 북궁상아의 평상시 모습이다.
"역시 당신이었군요!"
'이 목소리는……'
 운검은 익숙한 목소리에 신형을 돌려 북궁상아를 바라봤

다. 누군가 다가들고 있다는 건 알고 있었으나 대상이 조금 뜻밖이다.

"역시? 비무대 위에서 내가 싸우는 모습을 똑똑히 봐놓고 그런 말을 하는 것이오?"

"전날과는 신색이 완전히 바뀌었으니까요."

"흠."

운검이 산뜻한 적의무복 차림의 자신을 눈으로 둘러보곤 미미하게 고개를 끄덕여 보였다. 확실히 전날의 누더기 차림과는 많이 다르다. 밤중에 한차례 만난 사이니 잠시 헷갈릴 수도 있었겠다는 생각이 든다.

슥!

북궁상아가 그 순간 운검에게 다시 몇 걸음 다가들었다. 간격을 확 줄여 버린 것이다.

언제라도 공격에 들어갈 수 있을 정도의 거리!

전날과 마찬가지로 태연자약한 운검의 얼굴 표정을 세세히 살핀 북궁상아가 발도(拔刀)를 포기했다. 대신 도톰한 입술을 살짝 내밀며 목청을 높인다.

"어딨죠?"

"누구?"

"셋째 오라버니요!"

"아, 궁 소……."

운검은 무심코 요 근래 입에 찰싹 달라붙은 북궁휘의 호칭을 말하려다가 얼른 뒷말을 얼버무렸다. 자칫 북궁휘의 여장이 알려지기라도 한다면 문제의 소지가 매우 크리란 판단이었다. 그렇다고 당장 변명할 거리가 있는 것도 아니다.

"…휘아가 어딨더라? 으음, 그러고 보니 나도 지금 그 녀석이 어딨는지 잘 몰라서 찾고 있는 중이오."

"셋째 오라버니와 헤어졌다는 건가요?"

"그렇소."

"지금까지 찾아다니고 있었고요?"

"그렇소."

운검의 한결같은 대답에 북궁상아가 살짝 눈살을 찌푸려 보였다.

"그런데 어째서 한가롭게 본 가에 들어온 것이죠? 비무초친에는 왜 참가했고요?"

"그야……."

운검이 잠시 뒷말을 흐리곤 곧바로 입가에 슬그머니 미소 하나를 만들어냈다. 갑자기 눈앞의 북궁상아를 떼어낼 좋은 생각이 떠오른 까닭이다.

"…그야 내가 이번 북궁세가의 비무초친에 참가한 이유야 자명한 것이 아니겠소?"

"자명하다니, 그게 무슨……."

"내가 이번 비무초친 비무대회에 참가한 건 다른 참가자들과 마찬가지란 뜻이오."

"뭐, 뭐라고요! 하지만 당신은 셋째 오라버니의 사부잖아요! 무림의 항렬상 나와의 혼인은 불가능해요!"

유교(儒敎)의 예법이 크게 사회에 영향을 미치던 시기였다.

군사부일체(君師父一體)라!

황제와 사부, 부친은 하나와 같았다. 만약 황제가 신하더러 죽으라 하면 죽을 수밖에 없었고, 사부나 부친 역시 제자와 자식을 제 마음대로 할 수 있었다. 나무는 열매와 이파리를 열리게 하지만 열매와 이파리는 나무를 만들 수 없는 것과 같은 이치라 할 수 있었다.

당연히 정파무림에서 사승 관계와 문파 내력은 매우 중요했다. 북궁휘가 운검의 제자이니, 북궁상아 역시 나이와 관계없이 아랫배분이 되었다. 운검이 북궁상아의 어른이 된다는 뜻이다.

그런 의미에서 두 사람 간에 혼인은 이뤄질 수 없다는 북궁상아의 지적은 타당성이 있었다. 절대로 억지를 부리는 것은 아니었다.

그러나 운검이 애초에 그 같은 사정을 몰랐을 리 없다. 사실은 그런 비슷한 생각조차 품지 않고 있었다. 그의 대답은 태연자약하게 흘러나왔다.

"휘와 나는 비록 사제지간이지만, 사적으로 금란결의를 맺은 의형제라 할 수 있소. 그러니 일반적인 무림의 배분을 잣대로 둘 순 없을 것이오. 게다가······."

"게다가?"

"나는 그동안 떠돌이 낭인 생활에 꽤나 지쳤소. 이번 기회에 북궁세가에 몸을 의탁하고 싶은 마음이 없지 않소."

"이이……."

운검의 노골적이고 속된 말에 북궁상아가 가볍게 치를 떨더니, 갑자기 발끝으로 지축을 강하게 찍었다.

쿵!

정원에 깔려 있던 벽돌길의 한 켠이 움푹 파고들어 갔다. 북궁상아의 발에 실린 진각의 위력 때문이다.

스으.

그 뒤는 뻔하다.

북궁상아는 오늘 운검을 찾아온 목적 중 어느 하나도 제대로 이루지 못하고서 신형을 돌려세웠다. 그때 그녀의 차디차게 굳어버린 얼굴 한 켠으로 스쳐 가는 가벼운 파랑 하나.

'내가 미쳤지! 저런 저속한 인간한테 호기심을 느꼈으니!'

북궁상아는 전력을 다해 운검의 시야로부터 멀어져 갔다. 한시라도 그와 함께하고 싶지 않다는 뜻을 분명히 한 것이었다.

'저 자식, 역시 그런 마음을 품고 있었던가…….'

운검과 북궁상아의 만남을 우연찮게 목도한 진영언의 입가로 가벼운 한숨 하나가 매달렸다.

가교지의(架橋之意) 63

그녀는 본래 운검을 찾아서 정원으로 나섰다. 그전에 유연서와 소금주 등에게 살기를 던져서 자신을 따라나서지 못하게 했음은 물론이었다.

달빛 아래.

그녀는 운검과 진지한 대화를 나누기를 원했다. 이제 슬슬 그와 자신 간의 관계 정립을 확실히 해야 할 때가 됐다는 판단이었다.

그러나 운검에겐 이미 선객이 있었다.

북궁상아였다.

멀리서나마 두 사람 간에 흐르는 기묘한 분위기를 파악한 진영언은 얼른 몸을 숨겼다. 그리고 기척을 최대한 죽인 채 두 사람의 대화에 이목을 집중시켰다. 운검이 북궁상아와 나눈 대화를 하나도 빼놓지 않고 엿들은 것이다.

이미 어느 정도 운검이 북궁세가의 비무초친에 참가한 이유에 대해서 의심하고 있던 참이다. 가슴 한 켠이 무너져 내리지 않을 수 없다.

천하사패의 일좌!

서패 북궁세가의 데릴사위다.

운검이 아니라 어떤 무림의 사내라 해도 마다할 리 없다. 지닌바 능력만으로 부귀와 공명을 한꺼번에 얻을 수 있는 절호의 기회이기 때문이다.

주룩!

진영언은 느닷없이 두 볼을 적신 눈물에 깜짝 놀랐다. 자신이 운검을 이 정도로 좋아하고 있었을 줄 몰랐다. 그렇기에 일시 어찌할 바를 모르게 되었다.

 '나는 강남의 녹림도이고, 저 북궁상아란 계집은 명문의 천금지체야. 저 자식도 꼴에 정파에 속한 녀석이니 당연히 저쪽이 땡길 테지. 그리 놀라운 일도 아니다.'

 슥슥!

 내심 중얼거린 진영언이 얼른 소매를 들어 자신의 눈가를 훔쳤다. 꽤나 늦은 나이에 찾아온 첫사랑이 깨졌다고 질질 짜는 건 그녀답지 않은 일이었다.

 운검은 북궁상아와 헤어진 후에도 한동안 북궁휘를 기다리다 봉무각으로 돌아왔다.

 꽤나 늦은 시각임에도 잠을 청하지 않고 있던 곽철원과 소금주가 반가이 그를 맞이했다.

 "사숙님, 돌아오셨습니까?"

 "운검 가가, 왜 이렇게 늦으셨어요! 금주는 여태까지 잠도 자지 않고 목이 빠지게 가가를 기다렸다구요!"

 운검이 미미하게 고개를 끄덕여 보인 후 자연스레 주변을 살폈다. 항시 밤이 되면 검과 함께 자신의 처소로 사라지는 유연서가 아니라 진영언을 찾기 위함이다.

 소금주가 눈치 빠르게 말했다.

"운검 가가, 영언 언니랑 혹시 무슨 일 있었어요?"
"아니."
"헤에, 이상하네……."
"뭐가 이상하다는 거지?"
"헤헤, 별거 아니에요."

극도로 해맑은 미소와 함께 고개를 가로젓는 소금주의 모습에 운검이 눈매를 가늘게 만들어 보였다.

마정에 뿌리내린 천사심공!

느닷없이 근래 잠잠해진 저주가 그리워진다. 특히 속에 구렁이를 수십 마리쯤은 숨기고 있는 것 같은 소금주 같은 소녀를 상대할 땐 더욱 그러하다.

'뭐, 또 뭔가 골이라도 난 걸 테지. 무엇 때문인지는 모르겠지만. 그나저나 휘, 이 녀석! 그 차림으로 돌아다니다가 나쁜 사내들한테 걸려서 욕을 보고 있는 건 아닐 테지?

여장 차림의 북궁휘.

만약 본래의 신색을 완전히 모르는 채라면 운검조차 잠시 눈길을 빼앗길 만한 매력을 지녔다. 본래가 선이 얇은 꽃미남인데다 골격 자체가 가느다랗고 피부가 하얀 까닭이다.

물론 어디까지나 기우다.

이곳은 북궁세가!

북궁휘의 안방이다. 또한 그의 무위는 근래 들어 내공을 회복한 운검조차 내심 인정할 만큼 상당한 경지에 접어든 상태였다. 만에 하나라도 어떤 일을 당할 공산은 없었다.

으쓱!

곧바로 기우를 날려 버린 운검이 하품과 함께 곽철원에게 시선을 던졌다.

"철원아, 오늘부터 너는 나와 함께 자도록 하자. 네게 자하구벽검의 검의를 다시 설명해 주도록 하마."

"예? 사숙님, 저 같은 놈에게 어찌 그런……."

"반항이냐?"

"아닙니다! 어찌 제가 감히!"

"애초에 네놈한테 말했다, 자하구벽검은 비인부전에 일인전승이라고. 이미 철원이 네게 자하구벽검의 검결을 전한 만큼 검의 역시 전하는 게 마땅하다. 뭐, 네 자질에 따라서 얻는 게 태산이 될 수도 있고, 작은 동산이 될 수도 있을 테지만 말이다."

"……."

곽철원이 대답 대신 정중히 허리를 숙여 보였다.

운검이 마지막에 덧붙인 한마디!

화산파의 역사가 시작된 지난 수백 년간 고작해야 두세 명밖엔 완성하지 못한 자하구벽검의 역사를 떠올리게 한다. 중요한 건 검결과 검의가 아니라 깨달음과 자질이었던 것이다.

'역시 운검 사숙님은 화산으로 다시 돌아갈 마음이 없으시구나. 내게 다시 자하구벽검을 전수하시겠다 말씀하시는 걸

보면. 하긴 무공을 잃은 후 그렇게 심한 박대를 받으셨으니, 어쩌면 당연한 일이라 할 수 있겠지.'

내심 염두를 굴린 곽철원이 눈을 빛냈다.

전날 태화동천에서 운검에게 전수받았던 자하구벽검의 검결과 검의… 전혀 모르겠다.

그 후 수많은 낮과 밤 동안 수없이 많은 고민과 연구를 거듭했으나 단 한 구절조차 이해할 수 없었다. 여태까지 배우고 익혀왔던 화산파의 어떤 무공과도 맥을 함께하는 것 같으면서도 완전히 다른 형태의 검법이었기 때문이다.

그렇다면 이제 다시 검의를 전수받는다 한들 달라질 게 무얼까?

어쩌면 자신의 자질과 능력에 대한 한계만을 더욱 강렬하게 깨닫게 될지도 모른다. 아니, 그게 당연하다. 그렇게 되는 것이 지극히 옳았다. 그게 바로 화산파의 비전절예이자 전설의 검이라 일컬어지는 자하구벽검이었다.

그럼에도 곽철원은 최선을 다할 작정이었다.

자하구벽검을 스스로 완성하기 위함이 아니다. 후대로 넘겨주는 가교가 되기 위해서였다.

* * *

비각.

십대모사조차 결코 발을 내딛을 수 없는 각주의 집무실 안에 두 명의 인물이 마주 앉아 있다.

북궁정과 유성월.

북궁세가의 대공자와 명실상부한 이인자가 밤중임을 고려치 않고 독대를 하고 있는 것이다.

먼저 입을 연 건 유성월이다.

"대막에서 기연을 얻으셨다고요?"

"기연? 악연이겠지!"

뒷말을 살짝 높이는 북궁정의 말투가 꽤나 사납다. 상대가 부친 연배의 유성월임을 감안하면 다소 불경스럽기까지 하다. 만약 이곳에 제삼자가 있다면 누구라도 그리 생각할 터였다.

그러나 유성월의 표정은 여전하다.

전혀 변함이 없고, 흔들림 역시 존재하지 않는다.

"대공자님께서 악연이라 생각하신다면 악연인 것이고 기연이라 생각하신다면 기연일 테지요."

"마음먹기에 달렸다는 뜻인가?"

"그렇습니다."

"과연!"

나직한 탄성과 함께 북궁정이 갑자기 발도에 들어갔다.

스악!

대기를 가르는 섬뜩한 기음.

특이하게도 허벅지에 대롱거리며 매달려 있던 도갑을 떠난 곡도(曲刀)가 어느새 유성월의 목젖에 닿아져 있었다.

천하의 어떤 쾌도수(快刀手)라 해도 감탄을 금치 못할 정도의 속도!

유성월은 감탄하지 않았다.

여전히 표정 또한 변화가 없다.

"마황십도(魔皇十道) 중 하나인 마광일섬(魔光一閃)! 완벽하게 재현하셨군요."

"완벽은 무슨! 고작해야 팔성 정도의 수준에 불과할 뿐이다."

"그래도 발도는 완벽했습니다."

"발도만 그렇지. 아직 의형수형(意形隨形)의 경지는 요원하기만 하다. 위력으로는 소천신공이 뒷받침된 풍랑무한의 패도를 따르지 못하고, 변화 역시 풍랑광풍(風浪狂風)에 비교할 수 없다. 그렇다고 풍랑벽해(風浪碧海)의 방어를 뚫을 수도 없고 말야."

"확실히 불완전한 마광일섬으론 완성된 소천신공이 바탕이 된 풍랑벽해의 방어를 뚫기엔 미흡합니다. 하지만 그건 극히 일반론적인 얘기일 뿐이겠지요. 목숨을 건 실전이란 결코 친선 비무가 아니니까요."

"일반론이라……."

나직한 뇌까림과 함께 북궁정이 유성월의 목젖을 노리고

있던 곡도를 떼어냈다. 처음부터 그의 목숨을 취할 생각 따윈 없었다. 단지 지극히 건방진 그의 얼굴이 조금이나마 일그러지는 모습을 보고 싶었을 뿐이다.

유성월이 말을 이었다.

"존주(尊主)께서는 강녕하시겠지요?"

"사부님? 괴물처럼 강하고 건강하시지. 도대체 뭐가 무서워서 중원으로 치고 들어오지 않는지 모를 정도야. 유 총관은 좀 아는 게 있나?"

"존주의 심중을 어찌 저 같은 속된 인물이 짐작할 수 있겠습니까."

"흥! 그런가? 그건 그렇고… 일은 언제 시작할 거야?"

"대공자님께 달렸습니다."

"내게?"

"앞서 말씀드렸다시피 현재 북궁세가 내에서 대공자님의 마광일섬을 방어할 수 있는 건 소천신공을 대성한 상태로 펼쳐지는 풍랑벽해 외엔 없습니다."

"그건 설마……."

"대공자님께서 줄곧 원하셨던 일입니다. 이제 때가 되었으니 망설일 까닭이 없지 않겠습니까?"

말을 마친 유성월이 문득 입가에 가벼운 미소를 담았다.

하얀 웃음.

대막무림을 넘나들며 여태까지 살육의 나날을 보냈던 북

궁정이나 일시 소름이 돋는 걸 느꼈다. 이 같은 미소를 과거 대막에서 죽음 직전에 이르렀을 때 한차례 느낀 바 있었기 때문이다.

'제기랄! 그때 날 죽이기 위해 달려들던 수백이나 되는 마적 떼를 순식간에 도살해 버린 사내에게서 봤던 미소다. 내 대사형한테서 말야…….'

그의 뇌리로 한 사내의 얼굴이 스쳐 지나갔다.

소존주!

부친 북궁한경보다 월등히 강한 사부의 첫 번째 제자이자 평생 절대로 뛰어넘을 수 없을 것 같던 대사형이었다.

第三十三章
보타신니(普陀神尼)
북궁세가를 향해 이는 바람, 드세기 그지없다

날이 밝았다.

비무초친의 두 번째 날이다.

어젯밤 늦도록 곽철원에게 자하구벽검의 검의를 전하느라 늦잠을 자버린 운검은 갑자기 눈을 떴다. 자신의 몸을 흔드는 작고 부드러운 손길에 놀란 것이다.

그와 동시다.

느닷없이 그의 시야 속으로 귀엽고 깜찍한 얼굴 하나가 확대되어 왔다. 그를 흔들어 깨운 소금주다.

"웃!"

흠칫 놀란 표정과 함께 운검의 입에서 뜻 모를 신음이 흘러나왔다. 일시 덮침을 당하는 착각에 빠져든 까닭이다.

"삐죽!"

소금주가 그 모습을 보고 입술을 불쑥 내밀었다. 거의 숨결이 닿을 정도로 들이밀었던 얼굴 역시 슬며시 뒤로 빼낸다. 그리고 곧 삐친 목소리가 뒤를 따랐다.

"운검 가가, 금주 얼굴이 그렇게 이상한 거예요?"

"아니, 그런 건 아니고……."

"그런데 어째서 그렇게 놀란 표정을 짓는 거예요? 운검 가가의 그런 모습에 여리디여린 소녀의 가슴은 새파랗게 멍이 든다구요!"

"여리디여린 소녀?"

"거기까지! 뒷말은 사양하겠어요! 진짜 마음 상할 수도 있으니까요!"

빽 하고 소리를 질러 운검의 말을 끊은 소금주가 곧 표정을 바꿨다. 언제 삐쳤었냐는 듯 얼굴 전체로 생글생글거리는 미소를 매단 것이다.

"그런데 운검 가가, 금주가 한 가지만 부탁드려도 될까요?"

"부탁?"

"예!"

목청 높여 대답하는 소금주의 얼굴을 힐끔 바라본 운검이 침상에서 몸을 일으키며 중얼거렸다.

"하지만 나는 조금 비싼데……."
"금주도 그쯤은 알고 있어요."
"그래?"
"아무렴요. 이번 일만 잘 성사되면 운검 가가 몫도 많이 떼어드릴게요."

운검의 표정이 단숨에 밝아졌다. 혹시라도 소금주가 그동안의 인연을 들먹이며 무료봉사를 요구할까 봐 걱정이었는데, 하오문도답게 사회를 안다.

운검이 입가에 그윽한 미소를 띤 채 말했다.

"그래서 내게 무얼 부탁하려는 거지?"

"이번 비무초친 비무대회에서 우승해 주세요. 그래서 적룡신갑을 금주한테 넘겨주시면 돼요. 마지막으로 대결을 벌이는 북궁상아 소저와의 비무에서 패한다 해도 그건 받을 수 있는 것 같거든요."

"흠!"

소금주의 설명이 끝나자 운검이 까실한 수염이 만져지는 턱밑에 손가락을 가져다 댔다.

적룡신갑!

사람의 체형에 관계없이 착용할 수 있으며 내구성이 대단히 높은 무림의 기보 중 하나다. 들리는 소문에 의하면 도검불침은 물론 웬만한 고수의 내가중수법도 튕겨낼 수 있다니, 꽤나 그럴듯한 보물이라 할 수 있겠다.

그러나 강북 하오문쯤 되면 그 정도 기보는 어렵지 않게 구할 수 있었다.

강북 전체의 정보를 쥐락펴락할 수 있는 만큼 그런 걸 구할 수 있는 확률 역시 높다. 적어도 운검에게 소금주가 부탁까지 해서 구할 만한 이유는 없다고 보는 게 옳았다.

'그렇다면 역시 청부를 받은 것이겠군. 누군가 적룡신갑을 구해달라는 청부를 해온 것이야. 그것도 꽤나 고위층을 통해서 말야.'

단순명쾌한 분석이다.

이 정도는 천사심공이 없어도 된다.

으쓱!

내심 천사심공에 대한 아쉬움을 속으로 삭인 채 어깨를 한 차례 추어 보인 운검이 씨익 웃었다.

"얼마나 줄 거지?"

"얼마면 되죠?"

"많으면 많을수록 좋겠지. 물론 하한선은 분명히 존재하지만 말야."

"하한선이라……."

협상 시의 요식행위대로 괜스레 말끝을 슬며시 끌어 보인 소금주가 얼른 손가락 다섯 개를 내밀어 보였다.

"황금으로 이만큼 드리겠어요!"

"안 돼!"

"안 된다고요?"

"그래. 적룡신갑은 무림인이라면 누구나 탐내는 무림의 기보야. 게다가 이곳은 서패 북궁세가고 말야. 만약 그걸 누군가 원한다면 그에 합당한 가격을 매겨야만 하는 거야."

"그럼 두 개 더 하기로 하죠."

"두 개?"

"예. 이 정도 가격이면 우리도 그다지 남는 게 없어요. 간신히 밑지지만 않을 정도라구요."

"흠."

다시 운검이 턱밑에 손가락을 가져다 댔다. 이 역시 요식행위다.

사실 그는 소금주가 제시한 정확한 가격이 얼마인지도 알지 못했다. 그냥 모든 흥정이 그러하듯 첫 번째로 내건 조건에 따르지 않고 한차례 튕겨봤을 뿐이었다.

'최소한 황금 일곱 냥에서 최대 칠십 냥이란 뜻인데… 대박이다!'

운검의 뇌리로 그림같이 예쁜 집 한 채가 빠르게 스쳐 갔다.

전날 번 돈은 대부분 누이동생인 유옥에게 건네졌다. 처음부터 그리할 작정이었기에 전낭 안의 동전 몇 개를 제외하곤 모조리 내줬다.

당연히 지금 운검은 거의 무일푼이나 다름없었다. 이제 슬슬 앞날을 생각해 돈을 모아야 할 때였다. 예쁜 각시도 얻고 싶었고 말이다.

'그런데 왜 갑자기 그 대목에서 성질 나쁜 그 여자의 얼굴이 떠오르는 것이지?'

운검은 갑자기 떠오른 진영언의 얼굴에 고개를 한차례 흔들고는 상념 속에서 빠져나왔다.

"뭐, 장담은 못하겠지만, 일단은 노력해 보도록 하지."

"정말요?"

"앞서 말했다시피 장담은 할 수 없어. 그리고 한 가지 조건이 더 있다."

"뭐죠?"

"강북 하오문에서 가장 잘하는 거!"

"정보를 원하는 건가요?"

"그래."

"그거야 쉽죠. 그럼 이제 계약 수립인 거죠?"

"뭐, 그야……."

"얏호!"

운검의 다소 빼는 대답에도 불구하고 소금주가 환호성과 함께 그의 품으로 뛰어들었다.

뭉클!

얼떨결에 소금주를 안아 든 운검이 가슴을 압박해 오는 기묘한 느낌에 낯을 가볍게 굳혔다.

"너……."

"금주도 보기보다 제법이죠?"

"……."

운검이 뒷말을 꿀꺽 삼킨 채 침묵하자 소금주가 얼른 그의 품에서 떨어져 나온 후 빙글 신형을 돌려세웠다.

낼름.

입 밖으로 조그마한 혀가 살짝 내밀어졌다 금세 모습을 감춘다.

잠시 후.

처소를 빠져나온 운검이 주변을 둘러보다 눈에 이채를 담았다. 왠지 모르게 허전하다. 뭔가 있어야 할 것이 없는 느낌이었다.

'뭐지… 아! 진 소저가 없군.'

운검이 내심 고개를 끄덕이곤 소금주에게 시선을 던졌다. 진영언과 그녀가 방을 함께 쓰고 있었기 때문이다.

"진 소저는……."

"갔어요."

"가?"

"새벽이 되자마자 북궁세가를 떠났어요. 아마 강남 녹림에 급한 일이 생긴 것 같더라구요, 서두는 것이."

"…그렇군."

운검이 반 박자 늦은 대답과 함께 살짝 눈살을 찌푸렸다. 진영언이 자신에게 한마디 말도 없이 북궁세가를 떠난 것이 왠지 모르게 마음에 걸렸다.

소금주가 그 같은 운검의 내심을 모를 리 만무하다. 하지만 이럴 때 괜스레 오지랖 넓게 나설 정도로 눈치가 없진 않다.

연적!

그것도 가장 무서운 호적수였다.

적어도 운검과의 인연을 생각하면 그러했다.

당연히 그녀는 이번 기회에 진영언이 강남으로 떠나서 다시는 돌아오지 않았으면 했다. 그래서 운검에게 일부러 없는 사실까지 꾸며서 말했다.

'영언 언니, 운검 가가는 내게 맡기고 앞으론 강남이나 신경 써. 운검 가가는 이 금주가 기필코 행복하게 해줄 테니까 말야. 여러 가지 의미에서 말야. 에헤헤!'

속으로 한 말이나 꽤나 부끄럽다.

결국 입가에 얼핏 미소를 내건 소금주가 괜스레 발로 바닥을 툭툭 차고 있을 때였다. 평상시와 다름없이 새벽 연검을 끝마치고 돌아온 유연서가 운검에게 부드러운 시선을 던져 왔다.

"운 소협, 슬슬 비무가 시작될 시간이니 대연무장으로 떠나시지요."

"벌써 그렇게 시간이 되었소?"

진 위기 본능이 발동한 것이었다.

스슥!

진영언은 두 번 생각할 것도 없이 불영신법을 펼쳐 신형을 회전시켰다.

권각 역시 놀고만 있진 않는다.

파팍!

파파파파팍!

바람이 무색할 정도의 회전과 더불어 그녀의 전신에서 권각의 광풍이 일어났다. 광풍백연타의 연속기로 인해 일어난 일종의 회오리바람이다.

'걸린 게 없다?'

진영언의 광풍백연타는 헛되이 공간만을 찢어발겼을 뿐이다. 권각의 광풍이 소멸한 후 드러난 광경은 평온, 그 자체였다. 어떤 변화도 없었다.

그러나 진영언은 오히려 긴장했다. 뭔가 등덜미를 쭈뼛하게 만드는 느낌.

아직 위험이 해소되지 않았음을 알려준다.

스스슥!

진영언은 발끝으로 지축을 박차며 관도 위를 내달렸다. 혹시라도 자신의 등 뒤에 따라붙었을지 모를 암중인을 떨어뜨리기 위해서였다.

불영신법에 대한 확고한 믿음!

그것이 없다면 벌일 수 없는 일이었다.

진영언은 반드시 암중인을 이 한 수로 인해 뒤로 떨어뜨릴 수 있다고 믿었다.

그런데 이게 어찌 된 일인가!

관도 위를 한줄기 바람처럼 내달리던 진영언이 갑자기 신형을 멈춰 세웠다. 아니, 그럴 수밖에 없었다. 느닷없이 그녀의 불영신법의 축이 되는 왼쪽 엄지발가락 쪽에서 저릿한 통증이 밀려들어 왔기 때문이다.

"큭!"

진영언은 나직한 신음과 함께 신형을 비틀거렸다. 앞으로 나아가던 기세가 아직 남아 있었다. 비록 불영신법을 멈췄다곤 하나 곧장 신형을 바로 세우긴 곤란했다.

팟!

진영언은 정파인들처럼 고집을 부리지 않았다. 손바닥을 활짝 펴서 장심으로 바닥을 찍었다. 그렇게 함으로써 몸의 중심축이 무너진 상황을 벗어나려 했다.

휘릭!

장심으로 바닥을 친 진영언의 신형이 순간적으로 뒤로 발랑 뒤집혔다. 공중제비다. 또한 날카로운 경력이 담겨진 원앙연환퇴를 펼치는 것 역시 잊어버리진 않았다.

파파파파콱!

현란한 각영이 뒤로 공중제비하는 진영언의 주변에 또다

시 광풍을 일으켰다. 걸리기만 하면 어떤 것이든 반드시 아작을 낼 게 분명하다. 그 정도의 위력이 담긴 원앙연환퇴였다.

"어이쿠! 나무관세음!"

왠지 낯설지 않은 신음이다.

뒤엔 불문의 불호성 역시 따라붙는다. 그것만으로 진영언에겐 충분했다.

스슥!

곧바로 신형을 바로 세운 진영언의 눈꼬리가 슬쩍 치켜 올라갔다.

"사부님! 너무하세요!"

여전히 모습을 드러내지 않는 상대를 향해 터져 나온 진영언의 외침에 화답하듯 다시 불호성이 울려 퍼졌다.

"나무관세음!"

'어느새!'

내심 눈을 빛낸 진영언이 재빨리 신형을 돌려세우자 한 명의 노비구가 모습을 드러냈다. 방금 전까지 그녀를 몰래 따라다녔으며 불영신법을 방해한 사부 보타신니였다.

"망할! 정말 사부님이시잖아!"

"나무관세음! 어찌 나이도 적지 않은 계집애의 말투가 그리 험악해졌누."

"아!"

진영언이 나직한 탄성과 함께 자신의 입을 두 손으로 가렸다. 강남 녹림의 총표파자이자 여걸 중의 여걸. 그러나 사부 보타신니 앞에선 그저 한 명의 작은 계집아이일 뿐이다.

보타신니가 그런 그녀에게 다가와 허리를 살짝 숙여 보였다. 방금 전에 지풍(指風)을 날려서 건드린 발가락을 살피기 위함이었다. 제자의 부상이 염려되었음이다.

진영언은 얼른 손사래쳤다.

"사부님, 괜찮아요! 여전히 호신강기를 펼치진 못하지만, 그래도 호신기공 정도는 제법 능숙하게 펼칠 수 있게 됐거든요."

"나무관세음! 그 짧은 새에 호신기공을 펼쳐서 발가락을 보호했다는 것이냐?"

"완전히는 아니고요. 타격을 느끼는 순간 불영신법의 진행 방향을 바꾸고 지풍의 위력을 경감시켰어요."

"그건… 설마 도가의 이화접목(移花接木)을 이용한 것이더냐?"

"이화접목이요? 으음, 그렇게 볼 수도 있겠군요."

보타신니에게 고개를 끄덕여 보이며 진영언은 문득 운검의 얼굴을 떠올렸다.

근래 무수히 했던 그와의 비무.

자연스럽게 화산파 무학의 중심이라 할 수 있는 도가연기법과 진기도인법 등에 익숙해지게 되었다. 자신도 모르는 새 무공이 높아진 것이다.

보타신니가 잠시 생각에 잠겨 있는 진영언을 향해 부드럽게 미소 지었다.

"어쨌든 널 이렇게 만나서 다행이구나. 이번 일에 아주 큰 도움을 받을 수 있게 되었어."

"도움이요? 무슨? 아니, 그보다 남해 보타암에서 한 발짝도 움직이지 않던 사부님께서 어찌 서안에 오신 거죠?"

"서패 북궁세가에 문제가 생겨서 어쩔 수 없이 오게 되었구나."

"북궁세가에요?"

"그래."

천천히 고개를 끄덕이는 보타신니의 모습을 물끄러미 바라보던 진영언의 입가에 화사한 미소가 떠올랐다. 언제 서안성을 나서며 울분에 차 있었던 듯싶다.

'으음, 사부님께서 북궁세가에 볼일이 있으시다니, 제자 된 도리로 수행을 할 수밖에 없다. 그 나쁜 자식을 다시 볼 수 있게 된 거야.'

내심 염두를 굴린 진영언이 냉큼 보타신니에게 다가들며 드물게 애교 섞인 목소리로 말했다.

"사부님, 제자 영언이가 북궁세가로 모시겠습니다!"

"네가 북궁세가를 잘 아느냐?"

"예. 방금 전까지 그곳에 있었거든요."

"그래? 그럼 이 사부가 몰래 그곳에 잠입할 수 있도록 도와

줄 수 있겠느냐?"

"물론이죠!"

진영언이 자신의 가슴을 주먹으로 툭툭 두드려 보였다. 보타신니가 어째서 북궁세가에 몰래 잠입해야 하는지는 모르겠다. 다만 그곳에 다시 돌아가 운검을 만날 수 있다는 것만으로 그녀는 족했다.

보타신니가 진영언의 그 같은 마음을 알 리 없다. 내심 천군만마를 얻었다며 즐거워한 그녀가 은은한 미소와 함께 말했다.

"그럼 얼른 이동하도록 하자. 기다리고 있는 사람들이 많구나."

"기다리는 사람이요?"

"서패 북궁세가와 관계된 일이다. 어찌 사부 혼자서 일을 도모하러 왔겠느냐."

"……."

진영언이 말을 끝내자마자 서안성을 향해 걸음을 옮기기 시작한 보타신니를 복잡한 표정으로 바라봤다. 예상보다 일이 심각하다는 생각이 든 까닭이다.

'일이 이렇게 된 이상 나는 그 녀석한테 더더욱 돌아가야겠구나. 이번에 북궁세가를 향해 부는 바람은 드세기 그지없는 것 같으니까.'

내심 생각을 정리한 진영언이 얼른 보타신니의 뒤를 따

랐다.

* * *

대연무장.

아침 일찍부터 사람들이 인산인해를 이루고 있었다.

이틀째를 맞아 외부인들을 선별해서 들어오게 했기 때문이다.

당연히 첫날 총인원의 절반이나 되는 서른두 명이 탈락한 비무대회의 분위기는 사뭇 달라져 있었다.

수많은 환호와 갈채!

그 속에서 연이어 명승부가 펼쳐졌다. 비무의 수준이나 치열함이 수많은 구경꾼들 앞에서 갈수록 드높아져 가고 있었다.

"우와아아아!"

비무대를 에워싼 구경꾼들이 갑자기 우레와 같은 환성을 터뜨렸다. 다른 비무 때와는 비교가 되지 않을 정도의 반응이다.

그도 그럴 것이 지금 비무대 위로 올라선 두 사람.

모두 후기지수 중 이름난 자다.

비무초친 비무대회가 시작된 후 처음으로 유력한 우승 후

보끼리의 맞대결이 벌어지게 된 것이다.

뇌풍도문의 대제자 남강.

거산보의 벽력곤 호경정.

두 사람 모두 섬서성 일대에서 가장 큰 명성을 누리고 있는 후기지수다. 만약 북궁세가의 오룡일봉이 없었다면 능히 섬서제일후기지수의 자리를 노릴 만한 자들이었다.

'빌어먹을! 하필이면 벌써부터 곰 같은 호경정 놈과 맞붙게 되다니!'

'흥! 남강, 그동안 은연중에 섬서제일의 후기지수라고 날뛰었겠다! 이번에 나 호경정을 만나게 되었으니, 쉬이 넘어갈 생각은 않는 게 좋을 것이다!'

듬직한 체구의 남강과 그의 두 배는 족히 됨직한 몸집의 호경정이 서로를 차갑게 노려봤다. 지난 수년간 섬서성 일대에서 비슷할 정도의 명성을 날려왔다. 서로에 대한 경계심이 없을 리 만무했다.

그때 총관 유성월이 앞으로 나섰다.

"남 소협, 호 소협, 비무의 규칙은 첫날과 동일하네. 각자 병기와 권각지술을 마음껏 사용하되, 상대가 패배를 인정하는 즉시 공격을 멈춰야만 하네. 또한 만약 승부의 축이 한쪽으로 완연히 기울었다고 판단될 시엔 내가 나서서 비무를 멈추도록 할 것일세. 이에 동의하는가?"

"예!"

"예!"

"그럼 모두 같은 섬서성 정파의 일원들이니만치 각자 비무에 전력을 다하되 화기가 상하는 일은 없어야만 할 것이네."

"물론입니다!"

"명심하겠습니다!"

남강과 호경정의 기운찬 대답에 유성월이 미미하게 고개를 끄덕여 보이곤 신형을 뒤로 물렸다. 곧바로 비무가 시작되었음은 물론이다.

운검은 비무자 대기석에 앉은 채 눈을 지그시 감고 있었다.

새벽같이 모습을 감춘 진영언.

왠지 모르게 마음이 쓰인다. 여태까지는 어떻게라도 떼어내려고 최선을 다했는데, 실제로 그렇게 되고 보니 묘하게도 서운한 감정이 불쑥 고개를 쳐들고 있었다.

'흠. 도대체 무슨 일이 있었기에 그 찰거머리가 제 스스로 떠난 걸까? 그래도 내 인생 최초의 재신이었는데 말야······.'

운검은 어느새 자신의 마음 한 켠을 차지하고 자리 잡은 진영언의 그림자를 애써 폄하했다. 그리하지 않고는 흔들리고 있는 마음을 가누기가 쉽지 않았기 때문이다.

그때 운검의 곁으로 소금주가 살금거리며 다가왔다. 비무자밖엔 들어올 수 없는 대기석까지 잘도 침입했다.

"헤헤, 운검 가가, 금주가 왔어요!"

보타신니(普陀神尼) 93

"어떻게 들어왔지?"

소금주가 작은 어깨를 한차례 으쓱해 보였다.

"아무리 이곳이 북궁세가라고 해도 하오문의 힘이 완전히 못 미치는 건 아니라구요. 약간만 손을 쓰면……."

"뇌물을 먹였군."

"……."

소금주가 입을 굳게 다물었다. 운검이 한 말이 정곡을 찔렀기 때문이다.

그러나 그녀의 표정은 곧 밝게 변했다.

"운검 가가, 어째서 비무를 보지 않는 거죠? 지금 비무대 위에서 싸우고 있는 사람들은 섬서성 일대에서 꽤나 유명한 후기지수라구요."

"그렇다더군."

"그런데 어째서……."

"굳이 눈으로 보지 않더라도 진짜 무(武)는 결국 모습을 드러내는 법이야."

"예?"

소금주가 반문과 함께 고개를 갸웃해 보였다.

운검이 말한 건 무학의 지극한 깨달음 중 하나였다. 아직 무학의 수준이 극히 일천한 그녀로선 알아듣기가 쉽지 않을 수밖에 없다.

그때다.

비무대 주변에서 격렬한 환호성이 터져 나왔다. 비무가 시작된 후 일진일퇴를 거듭하고 있던 두 사람의 우승 후보 간에 긴박한 상황이 연출되기 시작한 때문이다.

휘잉!
호경정의 벽력곤이 위맹한 기세를 담고 휘둘러지자 남강은 수중의 직도를 아래에서 위로 치켜 올렸다.
쩡!
직도의 도신이 벽력곤의 옆을 때렸다. 양자 모두 내력을 잔뜩 끌어올리고 있었던 만큼 쇠와 쇠가 부딪치는 굉음이 일었다. 그 정도의 충돌이었다.
그와 동시 양쪽으로 물러서는 두 사람.
비무가 시작된 후 처음으로 병기를 맞댄 두 사람 중 누구도 약세를 드러내지 않았다.
그러나 여유만만한 남강과 달리 호경정의 안색은 딱딱하게 굳어 있었다.
그럴 수밖에 없다.
남강의 직도와 호경정의 벽력곤은 중량에서 큰 차이를 보인다. 그런데도 한 번의 부딪침으로 동수를 보였으니, 이미 둘 사이에 고하는 분명히 가려진 셈이라 할 수 있었다. 누구라도 그리 생각할 터였다.
그런데 바로 그때다.

호경정이 언제 안색을 굳혔냐는 듯 느닷없이 남강을 향해 수중의 벽력곤을 집어 던졌다.

'호경정! 비무를 포기한 것이냐!'

내심 경호성과 함께 남강이 얼른 신형을 옆으로 이동시켰다. 호경정이 진력을 담아서 집어 던진 벽력곤을 굳이 직도로 막아낼 필요성을 느끼지 못했기 때문이다.

그때 호경정이 쌍장을 앞으로 내밀었다.

우웅!

두 개의 손바닥에서 쏟아져 나온 웅혼한 장력!

신형을 이동시킨 남강을 향한 것이 아니었다. 그가 아슬아슬하게 피한 벽력곤이 목표였다.

휘익!

호경정의 쌍장이 벽력곤을 때렸다. 그리고 방향을 바꾸게 만들었다. 다시 남강을 쫓기 시작한 것이다.

'이런!'

남강은 그제야 호경정이 미친 게 아니란 걸 깨달았다. 그는 가전의 곤법에 더한 장법으로 이기어검과 같은 기공(奇功)을 펼쳐 낸 것이었다.

물론 남강 역시 숨겨놓은 한 수는 있었다.

쌍장에 떠밀려 처음보다 족히 두 배는 더 맹렬한 기세를 품고 날아든 벽력곤을 향해 직도를 곧게 찔러 넣은 남강의 신형이 빙그르르 회전했다.

그와 함께 펼쳐진 찬란한 광채!

도망(刀鋩)을 펼쳐 벽력곤의 직격을 옆으로 비껴낸 남강이 발끝에 힘을 주고서 호경정의 품속으로 파고들었다.

쉬악!

짧게 빛을 발했던 도망의 끝이다. 이제 남은 건 기껏해야 도기에 불과하나 회심의 한 수였던 벽력쇄(霹靂碎)가 파훼당한 호경정으로선 피하는 게 불가능했다.

푸확!

순간적으로 호경정의 가슴에서 피분수가 터져 나왔다. 남강의 도기에 그대로 가슴을 베인 것이다.

'끝났군.'

운검은 주변을 뒤흔드는 환호성 속에서도 똑똑히 남강의 도가 호경정의 가슴을 가르는 소리를 확인했다.

사실은 비무의 처음 시작부터 끝까지 단 한 동작도 빼놓지 않고 머릿속에서 그려 보이고 있었다. 나름대로 섬서성 일대에서 제일 잘나간다고 알려진 후기지수 간의 대결이라 자연스레 관심이 기울여진 것이다.

물론 중간에 살짝 지루한 감은 있었다. 남강과 호경정 모두 비무 중 몇 번이나 상대를 완벽하게 제압할 수 있었던 기회를 놓쳤다는 판단이었다.

까닥!

보타신니(普陀神尼)

고개를 한차례 뉘인 후 눈을 뜬 운검이 천천히 자리에서 일어섰다.

첫 번째 우승 후보자끼리의 비무.

다음은 그의 차례였다. 그래서 비무자 대기석에 앉아 있었던 것이고 말이다.

"운검 가가, 반드시 이겨야만 해요!"

"반드시 이겨야 돼?"

"예!"

운검이 소금주에게 슬쩍 시선을 던졌다. 입가엔 픽 하고 웃음 하나가 담겨져 있다. 자신의 무위를 잘 아는 그녀가 묘하게 기합이 들어가 있는 게 자못 의아스러워서다.

소금주가 두 뺨을 발그레 물들였다.

"어제는 연서 언니를 위해 이기셨잖아요! 그러니까 오늘은 금주를 위해서 이겨주셔야 해요!"

"단지 오늘만?"

"뭐, 그야 내일도 계속 이기셔야죠. 우승을 하시기로 금주랑 약속하셨으니까요. 설마하니 그 약속을 잊어버리신 건 아닐 테죠?"

"아!"

운검이 느닷없이 떠올랐다는 듯 자신의 손바닥을 주먹으로 때렸다. 소금주의 얼굴이 울상이 되지 않을 수 없다.

"아? 아! 운검 가가 정말……."

"물론 잊지 않았다. 나는 딴 건 몰라도 금전 거래만큼은 결코 잊어버리지 않거든. 그러니 너도 잊어버리면 안 돼!"

"물론이에요."

"그럼 나 간다."

운검이 비무대 쪽으로 신형을 돌리자 소금주가 갑자기 목청을 조금 높였다.

"운검 가가!"

"왜?"

"사실은 운검 가가한테 오늘 돈을 좀 걸었어요. 그러니까 운검 가가는 오늘 더더욱 져서는 안 돼요!"

"얼마나 걸었는데?"

"황금으로 열 냥이요."

"절반은 내 거다."

"물론이에요."

소금주가 대답과 함께 활짝 미소 지었다. 역시 운검과는 말이 통한다는 생각이 든다. 여느 정파의 인물들과는 생각 자체가 다르다.

어쨌거나 운검은 어제와 마찬가지로 기합이 팍 들어서 비무대 위로 올라갔다.

어차피 우승을 해야만 한다. 그러기로 했다.

그런데 오늘은 따로 황금 열 냥까지 걸렸다고 한다.

내기의 배당이 어찌 되는진 모르겠지만, 소금주의 말마따나 절대로 질 수는 없었다. 그중 절반은 자신의 몫이기 때문이다. 그렇게 정해졌다.

     *   *   *

 유연서는 비무대회가 한참 진행되고 있을 때 몰래 대연무장을 빠져나왔다.
 두세 걸음을 옮기기 전 주변과 동화를 이루는 은신법.
 과거 정파의 수뇌부와 절정고수들을 수없이 많이 암살한 구마련의 사대마종의 일좌, 살왕(殺王) 포진의 은행마영(隱行魔影)의 수법이다.
 그렇게 유연서가 인적이 드문 곳에 이르렀을 때다.
 여태까지 부드러운 미소가 감돌고 있던 그녀의 얼굴에 미묘한 변화가 생겨났다. 미소를 비롯한 표정이 갑자기 모습을 감춘 것이다.
 "혈군자 사부, 이만 나오시지요."
 "역시! 대공녀였구려!"
 유연서의 중얼거림에 탄성으로 반응을 보인 혈군자 당무결이 여전히 당환경의 얼굴을 한 채 모습을 드러냈다. 애초에 유연서의 정체가 소수여제 위소소임을 알고 있었던 만큼 태도가 무척 침착해 보인다.
 그 모습을 살핀 위소소가 아미를 살짝 찡그려 보였다.

"어째서 혈군자 사부를 이런 곳에서 보게 된 것이죠? 천종 사부에게 아직 본 련의 중원 재진입은 시기상조라 들었었는데……."

"가극염의 말이 옳소이다. 현재 본 련의 전력은 오 년 전과 비교해 볼 때 십분지 일에 불과하오. 비록 구대문파가 힘을 크게 잃었다곤 하나 아직 건재하고 사패의 힘은 막강하니, 중원 재진입을 할 상황은 아닐 것이오."

"그런데 어째서?"

"마신흉갑 때문이오."

"마신흉갑이라면… 전날 혈군자 사부가 본 련에 들어오며 오라버니한테 바쳤던 그 마신흉갑을 말하시는 건가요?"

"그렇소."

당무결이 대답과 함께 천천히 고개를 끄덕여 보이자 위소소의 찌푸려졌던 아미가 천천히 평상시로 돌아왔다. 비로소 당무결이 위험을 무릅쓰고 북궁세가에 잠입한 연유를 이해할 수 있을 것 같았기 때문이다.

'마신흉갑은 오라버니조차 매우 중시 여겼던 마물이라고 들었다. 만약 북궁세가에 그 마신흉갑이 존재한다면 어떤 수단과 방법을 써서라도 회수하고 싶은 건 자명한 사실일 테지.'

내심 염두를 굴린 위소소가 어느새 한빙처럼 차가워진 시선을 당무결에게 던졌다.

"북궁세가에서 이번 비무초친에 부상으로 건 적룡신갑이 마신흉갑이겠지요? 하지만 혈군자 사부는 당가를 위해 이번 비무초친에서 우승을 노리진 않을 테고, 어떻게 마신흉갑을 얻을 생각이시죠?"

"역시 대공녀시오! 정확하게 노부의 흉중을 읽었소이다."

"칭찬 따윈 듣고 싶지 않네요. 제 질문에나 대답해 주시죠."

"그건······."

잠시 말끝을 끈 당무결이 곧 입가에 흐릿한 미소를 만들어냈다.

"···그건 대공녀께서 도와주셔야만 하겠소이다."

"제가요?"

"그렇소."

당무결이 고개를 끄덕이며 다시 입가에 미소를 만들어냈다.

짙은 음모의 내음.

위소소는 부드러운 미소가 일품인 유연서의 얼굴을 한 채 침묵을 지키고 있을 뿐이었다.

第三十四章

암중모색(暗中摸索)

암중에서 움직이던 자들이 궁리를 하기 시작했다

華山
劍宗

풍류객점(風流客店).

서안 전체를 후끈 달아오르게 만든 북궁세가의 비무초친 비무대회로 인해 손해를 잔뜩 본 곳 중 하나다.

본래는 크게 대목을 잡았다는 판단이었다.

그래서 객점의 방도 늘리고 식당도 증축해서 넓혔다. 북궁세가에서 가까운 거리에 위치한 만큼 상당수의 구경꾼들이 숙소로 찾을 것에 대비한 선제 투자였다.

그러나 북궁세가에서 외인의 출입을 통제한 후 풍류객점은 파리를 날리기 시작했다. 구경하러 몰려왔던 각지의 인사들이 며칠 사이에 모두 서안을 떠나 버린 결과였다.

그래도 사람이 죽으란 법은 없는 것 같다.

파리만 윙윙거리며 날아다니던 풍류객점에 오늘 대여섯 명의 손님이 찾아들었다.

승도속개(僧道俗丐)…….

각기 중, 도사, 서생, 거지의 행색을 한 자들은 약속이라도 한 것처럼 하룻새에 몰려들더니 풍류객점 전체를 통째로 빌렸다. 절대로 외인을 들이지 말라는 엄중한 경고가 뒤따랐음은 물론이었다.

'도사인 주제에 코에 주독이 올라 빨간 자는 대강남북을 홀로 떠돌아다니며 기행을 일삼는다는 취도(醉道) 같고, 늙은 거지는 허리춤에 팔결의 매듭을 한 걸 보아 개방의 대장로 정도의 지위겠군. 중년 중과 노서생은 딱히 알아볼 만한 특징이 없는 것 같고…….'

사부인 보타신니를 따라 풍류객점에 도착한 진영언은 미리 와서 기다리고 있던 자들을 보고 눈에 이채를 담았다.

명색이 강남 녹림의 총표파자다.

무공뿐 아니라 안목 역시 빼어날 수밖에 없다. 특히 보타신니와 교류를 할 정도의 인물들이라면 얼추 뇌리에 떠오르는 자만 해도 십여 명을 헤아릴 정도다.

하지만 지금 풍류객점에 모인 자들 중 진영언이 알아본 자는 강남에서도 꽤나 빈번한 활동을 보인 취도 정도가 전부였다. 나머진 그냥 범상치 않은 자들이란 정도만 파악할 수 있을 뿐이었다.

그때 노서생이 자리에서 일어서 보타신니에게 정중하게 포권지례를 해 보였다.

"신니께서도 오셨군요. 같이 온 여아는 어찌 되는지?"

"나무관세음! 빈니의 제자올시다."

"오! 근래 강남 녹림의 총표파자에 올랐다던 그 홍염마……"

"맞습니다. 이 아이가 강남 녹림에서 홍염마녀란 명호로 불리고 있지요."

노서생이 말끝을 흐리자 입가에 미소를 띤 채 얼른 말을 받은 보타신니가 진영언에게 시선을 던졌다.

"영언아, 이곳에 모인 분들은 하나같이 빈니와 삼십 년 이상의 교우가 있으신 무림기인들이라고 할 수 있다. 모두 네게는 선배가 되는 분들이니, 인사 올리도록 하거라!"

"예!"

진영언이 대답과 함께 노서생을 비롯한 사 인의 무림기인에게 정중하게 허리를 숙여 보였다.

'저 취도와 개방 대장로만 해도 결코 무림에서의 신분이 범상치 않다고 할 수 있다. 하물며 사부님과 삼십 년간 교우를 한 사람들이라면 전대의 기인들임이 분명하다.'

진영언은 머릿속이 복잡해지는 걸 느꼈다. 어째서 서안에 이런 무림기인들이 한꺼번에 모습을 드러냈는지 궁금했기 때문이다.

진영언의 그 같은 의문을 눈치 챘음인가?

노서생이 보타신니에게 현기 어린 시선을 던졌다.

"신니, 아직 영 제자에겐 설명을 하지 않으신 게지요?"

"서안에서 우연찮게 만난 아이입니다. 약속 시간에 맞추려 급히 움직이다 보니 제대로 설명을 하지 못했습니다. 하지만 이 아이는 얼마 전까지 북궁세가 내에 있었습니다. 이번 거사에 도움을 줄 수 있으리라 봅니다."

"그렇소이까? 그럼 일단 우리들과 이번 일에 대해 설명부터 하는 게 옳겠구려?"

"그러도록 하시지요."

보타신니가 동의하자 노서생이 한차례 고개를 끄덕여 보인 후 진영언에게 현기 어린 시선을 던졌다.

"진 총표파자, 노부는 우현(愚賢)이라 불리는 서생일세. 평생 독서를 즐기고 공부에 최선을 다했으나 이 나이가 되도록 이룬 것이 없는 늙은이지."

그렇지 않다.

우현은 오 년 전 벌어진 구마련과의 대결전 시 정파무림의 군사 역할을 맡았던 대현인이었다. 제갈무후의 환생이라고까지 세간에 알려졌던 대기인이 눈앞에 나타난 것이다.

크게 놀라 두 눈을 동그랗게 뜬 진영언을 향해 담담히 미소

지은 우현이 설명을 계속했다.

"뒤에 있는 사람들은 노부와는 달리 무림의 이름난 기인들일세. 저기 술에 취한 도사는 과거 천하제일의 현문이라 불리던 전진파의 일맥을 이은 취도 목상자(木桑子)이고, 늙은 거지는 현 개방의 방주인 항룡신장(亢龍神掌) 곽거이의 사부이자 전대 대장로인 팔방신개(八方神丐)일세. 두 사람 다 정파에선 나름대로 이름이 있는 자들이네. 그리고 나머지 중년의 승려는……."

"우현 시주님, 소승은 본시 이곳에 있어선 안 되는 자입니다. 본 회의 인물이 아닌 사람에게 정체가 밝혀지는 건 곤란합니다."

"그건 자네, 사부의 뜻인 건가?"

"그렇습니다."

"흐음."

우현이 중년 중을 잠시 바라보곤 침음과 함께 진영언에게 씁쓸한 미소를 던져 보였다.

"진 총표파자, 미안하게 됐네."

"괜찮습니다. 오늘 제가 이곳에 온 건 녹림인의 입장이 아닌 사부님의 제자로서니까요."

'호오!'

우현이 진영언의 당찬 대답을 듣고 내심 이채를 발했다. 보타신니의 체면을 봐서 녹림도인 진영언을 받아들이고 대우해

줬다. 그런데 전대의 기인들을 앞에 두고도 전혀 꿀림이 없는 모습을 보자 자연스레 아끼는 마음이 든다.

보타신니가 그 같은 우현의 모습을 보고 미미하게 미소 지었다.

우현!

당대 제일의 지략가이자 기인이었다. 무공은 고작해야 일류의 수준을 간신히 넘겼으나 머릿속엔 천하를 담은 지자(智者)인 것이다.

'그런 우현이 영언이를 눈여겨본다면 이보다 좋은 일은 없을 테지! 심성이 착하고 바른 영언이를 계속 녹림에 남겨두는 것도 좋은 일은 아닐 터인즉!'

처음에 진영언을 제자로 받아들였을 때부터 심중에 품고 있던 생각을 떠올리며 보타신니는 내심 흐뭇해졌다.

그때다.

풍류객점으로 두 명의 방문자가 모습을 드러냈다. 보기만 해도 섬뜩한 귀면탈을 쓴 사내와 절세의 미남자, 바로 강북 하오문의 총수인 귀왕 소연명과 북궁휘였다.

진영언은 눈을 동그랗게 떴다.

이런 곳에서 북궁휘를 만나게 될 줄은 몰랐기 때문이다.

북궁휘 역시 마찬가지다.

그는 소연명과 함께 객점 안에 들어서자마자 진영언을 발견하곤 눈매를 살짝 가늘게 만들어 보였다. 얼른 전음입밀로 질문을 던지지 않을 수 없다.

"진 소저, 혹시 사부님과 함께 오신 겁니까?"

"아니. 그런데 그 자식이 알면 안 되는 일인 거야?"

"그건 아닙니다만……."

"됐어!"

진영언이 북궁휘의 전음을 중간에서 끊었다.

오늘의 모임.

그녀가 아는 바론 북궁세가에 몰래 침투해서 뭔가 큰일을 벌이기 위한 것이었다.

그런 모임에 북궁휘가 찾아왔다면, 뭔가 말 못할 연유가 있을 게 분명했다. 굳이 지금 당장 질문을 강요해서 그를 곤란하게 만들 필요는 없었다.

북궁휘가 그녀의 그 같은 배려를 깨닫고 미미하게 고개를 끄덕여 보였다. 얼굴에는 언제 곤란한 기색을 담았냐는 듯 부드러운 미소가 은은히 배어 나오고 있다.

'정말 잘생기긴 잘생겼네. 여장이 그리 잘 어울렸던 것도 무리는 아니었어.'

진영언이 내심 감탄하는 사이 소연명은 우현을 비롯한 기인들과 인사를 나눈 후 함께 동행한 북궁휘를 소개했다.

"북궁세가의 삼공자올시다. 오늘 밤 여러분의 침투를 도와줄 사람이지요."

우현이 눈에 이채를 담았다.

"북궁세가의 삼공자? 얼마 전에 행방불명이 됐다고 들었거늘. 설마 오늘을 대비한 북궁 가주의 포석이었던 것인가?"

"그렇기도 하고 그렇지 않기도 한 것 같습니다."

"그렇기도 하고 그렇지 않기도 하다라……."

우현이 소연명의 말을 따라 한 후 북궁휘에게 시선을 던졌다. 그러자 북궁휘가 얼른 포권지례와 함께 허리를 숙여 보였다.

"북궁휘입니다. 가친의 명에 따라서 여러 선배님들을 모시게 되었으니, 부족하더라도 잘 부탁드리겠습니다."

"북궁세가의 오룡일봉 중 가장 자질이 떨어진다고 들었거늘. 역시 세상의 소문이란 믿을 것이 못 되는구나."

"소문은 사실입니다."

"그런가? 그렇다면 북궁세가야말로 후일 사패의 으뜸이 되겠군. 그래, 북궁 가주는 강녕하시고?"

"가친께서는……."

북궁휘는 대답에 신중을 기해야 할 필요성을 느꼈다.

눈앞의 우현이 속한 단체.

구마련과의 대전 중 사패와 구대문파를 암중으로 도운 구정회(求正會)이다. 암중으로 정파무림을 수호하는 수많은 기인이사들이 속한, 절대로 방심할 수 없는 곳이었다.

'비록 구정회가 수백 년 전부터 정파무림을 위해서 항상 암중에 움직였다곤 하나 그래도 아예 사심이 없는 곳이라 안심할 순 없다. 아버님께서 만성지독에 중독된 사실은 숨기는 편이 나을 것이야.'

북궁휘의 독자적인 판단이었다.

북궁한경은 이번 구정회와의 교섭을 전적으로 북궁휘에게 맡겼다.

"…여전하십니다."

"그러신가?"

"예."

북궁휘의 대답에 우현의 현기 어린 눈이 더욱 깊은 빛을 발했다. 뭔가 눈치 챈 것이 있어 보인다. 겉으로 티를 낼 만큼 심기가 얕은 사람도 아니다.

그는 더 이상 질문하지 않고서 소연명에게 시선을 던졌다.

"귀왕, 노부가 요구한 건 어찌 됐는가?"

"제대로 처리했소이다. 내 사랑스런 제자까지 투입했으니 염려하지 않으셔도 될 겁니다."

"믿겠네. 그런데 이렇게 되면 진 총표파자는 굳이 이번 일에 나서지 않아도 될 것 같은데……."

진영언이 얼른 목청을 높였다.

"따르겠습니다!"

"굳이 그럴 필요는 없네. 이번 일은 매우 위험할 수도 있으니까 말야."

암중모색(暗中摸索)

"그렇다면 더더욱 사부님의 뒤를 따르지 않을 수 없지요."
"허허, 그런가?"
"예!"
여전한 진영언의 대답에 우현이 미소와 함께 보타신니를 바라봤다.
"신니, 정말로 좋은 제자를 두셨구려."
"그러게 말입니다. 예전에 빈니가 곁에 잡아두고자 할 때는 냉큼 달아나 놓고서 말이에요."
"그렇소이까? 그렇다면 혹여 사심이 끼었을지도 모르겠구려?"
"사심이라면?"
"좋은 나이가 아닙니까?"
우현이 은근한 표정을 한 채 시선을 북궁휘 쪽으로 던졌다. 그러자 그를 쫓아 북궁휘의 준수한 얼굴을 살핀 보타신니가 미미하게 고개를 끄덕여 보였다.
'정말 잘생긴 청년이구나. 하긴, 우리 영언이가 시집갈 나이가 되기도 했지. 그러고 보니 방금 전에 서로 전음을 주고받던 것 같던데, 본래 아는 사이일지도 모르겠구나.'
보타신니는 북궁휘와 진영언을 번갈아 바라보며 내심 즐거워했다. 완벽한 오해다.

*   *   *

밤.

운검은 처음의 계획과 달리 오늘도 비무에서 살아남았다.

팔강!

하루 만에 두 차례 비무를 승리한 끝에 최후의 팔 인 중에 포함되었다.

소금주의 제안?

그게 전부는 아니다. 그녀의 제안은 그저 북궁세가에 계속 남아 있기 위한 변명거리 만들기에 불과했다. 비무에 패배한 자는 북궁세가의 무사가 되지 않는 한 결코 계속 남을 수 없다는 절대적인 규칙 때문이다.

'쳇! 휘 녀석, 오늘도 돌아오지 않다니! 내일이 지나면 난 북궁세가에 더 이상 머물 수 없게 되는데······.'

운검은 전날과 마찬가지로 봉무각을 나서 정원을 서성거리며 내심 투덜거렸다. 이틀씩이나 소식이 없는 북궁휘가 은근히 걱정되고 있었다.

그때 그의 배후로 여전히 유연서의 얼굴을 한 위소소가 다가들었다. 평소와 달리 밤중에 바깥으로 나선 것이다.

"운 소협, 어째서 그리 정원을 서성거리시죠?"

"제자를 기다리고 있소."

"제자? 진 소저가 아니고요?"

"진 소저?"

운검이 그제야 거의 숨결이 닿을 정도로 다가선 위소소 쪽으로 시선을 던졌다.

 '어느새 이렇게 가깝게 다가왔던가?'

 운검은 새삼스런 표정으로 위소소를 바라봤다.

 교교한 달빛 아래 서 있는 그녀.

 막 선계를 벗어난 선녀와 같이 곱고 어여쁘다. 특히 입가에 매달려 있는 부드러운 미소가 일품이다. 허리에 매달린 황룡고검만 아니라면 이름난 대갓집의 천금소저라 해도 믿음이 갈 정도의 미모였다.

 그러나 운검은 감탄하는 대신 의심을 품었다.

 삼성밖엔 사용할 수 없는 자하신공.

 그렇다 해서 이목과 기감조차 삼 할만 사용할 수 있는 건 아니었다.

 기감의 확장!

 거미줄처럼 주변을 에워싸는 기감의 씨줄과 날줄 사이에 걸려들지 않는 것이란 거의 없다. 특히 운검과 같은 고절한 능력을 갖춘 자에겐 더욱 그러하다.

 하물며 운검은 근래 연이은 연무와 비검비무로 인해 기감이 극도로 예민해져 있었다. 과거 내공을 잃어버렸을 때처럼 설렁설렁하진 않았다.

 '뭐, 아직 확실한 건 아니니까……'

 내심 고개를 불쑥 내민 의심을 한쪽으로 치워 버린 운검이 이를 드러내며 씨익 웃어 보였다.
"유 소저, 어째서 내가 진 소저를 기다리고 있다고 생각한 것이오?"
"운 소협은 진 소저와 함께 있을 때 가장 즐거운 표정을 짓고 있었거든요."
"뭐……."
"아니에요. 제가 잘못 본 걸지도 모르겠군요."
얼른 자신이 한 말을 부정한 위소소가 시선을 하늘 쪽으로 치켜 올렸다. 갸름하면서도 부드러운 턱 선과 이목구비가 묘한 조화를 이루며 운검의 시야 속으로 파고든다.
두근!
운검은 문득 심장이 뛰는 걸 느꼈다.
마정이 전해주던 아픔?
그런 것과는 조금 다르다. 그리 느껴졌다.
그런데 운검이 그 같은 심장의 두근거림에 정신을 집중하려 할 때였다.
위소소가 문득 하늘을 향하고 있던 시선을 한쪽으로 돌려 세웠다.
스으!
뿐만 아니라 그녀의 허리춤에 매달려 있던 황룡고검이 서늘한 검기를 일으키며 뽑혀져 나왔다. 그리고 어느새 일자로 모여진 발끝이 지축을 찍어갔다.

'고수?'

운검 역시 거의 비슷한 시기에 시선을 위소소와 같은 장소로 던졌다. 심장의 두근거림 때문에 잠시 기감의 영역이 좁혀져서 자신을 향하고 있는 강력한 살기를 뒤늦게 깨달았다.

당연히 상대는 고수다.

거진 초절정에 근접한 고수일 터였다. 그 점이 운검을 묘하게 자극했다. 구마련과의 대혈전 이후 이처럼 강력한 살기를 느낀 적이 거의 없었기 때문이다.

차창!

발검과 함께 신검합일한 채 신형을 공중으로 뽑아 올린 위소소의 황룡고검에서 불똥이 튀어 올랐다. 그녀의 황룡고검에서 뻗어 나온 검기가 도기의 방패에 부딪쳐 사방으로 튕겨지며 벌어진 일이다.

"도막(刀幕)?"

위소소는 짤막한 탄성과 함께 신형을 뒤로 크게 굴신시켰다. 신검합일을 튕겨낼 만한 도막을 만났다. 일단은 곧바로 이어질 강력한 공세를 피함이 옳을 터였다.

과연 봉요라 할 만한 그녀의 크게 굴신된 허리 위로 섬뜩한 도강이 스쳐 지나갔다.

천지양단세(天地兩斷勢)!

도강 중에서도 극강이라 할 만한 수법이다. 도막을 뛰어넘을 정도의 공격이다. 도저히 위소소가 지닌 검법으로는 막아낼 재간이 없을 정도의 기세다.

'역골환체비술을 펼친 상태론 결코 상대할 수 없는 자다! 이대로 맞붙었다간 죽어!'

거의 등이 바닥에 닿을 정도의 자세!

허리가 양단될 위기를 철판교로 넘긴 위소소가 소름 돋은 표정을 한 채 신형을 위로 튕겨 올렸다.

금리도천파(金鯉倒穿波)다. 잉어가 폭포 위로 뛰어오르는 것과 같은 탄력을 이용해 공중으로 솟아오른 것이다. 그렇게 함으로써 그녀는 눈앞의 야수와 같은 기세를 뿜어내고 있는 사내로부터 자신의 신형을 빼내려 했다.

그러나 바로 그때다.

퍽!

공중으로 빠르게 뛰어오르던 위소소의 허리가 휘청거렸다. 마치 그녀가 금리도천파를 펼치길 기다리기라도 한 듯 복부 쪽으로 주먹이 날아들었기 때문이다.

"하악!"

위소소의 입이 자연스레 벌어졌다. 신음 역시 흘러나온다. 그 사이로 다시 주먹이 날아들었다. 입속에 주먹을 쑤셔 박아 넣으려는 기세다.

"그쯤 하지!"

"……"

권고는 행동보다 늦게 흘러나왔다. 그 증거로 위소소의 입속에 쑤셔 박히려던 주먹은 동작을 멈췄다. 대신 방금 전 천지양단세를 펼쳤던 곡도가 움직임을 보인다.

아니다.

그러려고만 했다.

파곽!

운검은 위소소가 복부에 주먹을 얻어맞은 것과 동시에 신형을 움직였다.

구궁보.

그다음은 소엽퇴법이다.

순간적으로 위소소의 얼굴을 향하던 주먹을 뒤로 물러나게 만든 운검의 신형이 번뜩이며 위로 치솟아올랐다. 아래에서 위로 치켜 올라가려던 곡도의 도신을 밟은 채였다.

쉬악!

운검이 곡도의 움직임을 멈춘 건 극히 짧은 순간뿐이다. 언제 그의 소엽퇴법에 가로막혔냐는 듯 곡도는 소름 끼치는 굉음과 함께 도강을 만들어냈다.

또다시 천지양단세!

운검의 신형이 공중제비를 돌았다. 그로써 발검의 시간을 벌었다.

십년마일검!

운검은 삼성의 자하신공으로 검을 에워싼 채 자하구벽검의 검기를 연환시켰다. 그로써 곡도에서 쏟아져 나온 도강을 막으려 했다.

쩌쩡!

철벽과 철벽이 부딪치는 굉음.

그와 함께 운검이 또다시 공중제비와 함께 신형을 뒤로 물렸다.

곡도의 주인, 북궁세가의 대공자 북궁정 역시 마찬가지다.

그는 곡도로부터 파고든 짜릿한 손맛에 입술을 꿈틀거렸다. 두 눈에는 여전히 짙은 살기가 감돈다.

"그거… 뭐였지?"

"도강을 사용하는군? 중첩시킬 수도 있는 것이오?"

"풍랑무한을 말하는 것이냐?"

"역시 그렇군."

"……"

운검이 미미하게 고개를 끄덕여 보였다.

각자가 던진 질문.

답은 없었다.

옆에서 누군가 두 사람의 대화를 들었다면 동문서답을 하고 있다고 여길 터였다. 그리 생각할 수밖에 없다.

그러나 운검은 고개를 끄덕였고, 더 이상 답을 구하지 않았다. 북궁정으로선 답답하지 않을 수 없다. 그가 잠시간의 침묵을 끝냈다.
 "방금 전의 질문에 대한 답, 주지 않을 셈이로군?"
 "조건은 동일했소."
 "그랬지, 분명히. 그런데 너는 알아들었고 나는 알아듣지 못했군."
 "그래서?"
 "이럴 때 나는 말보다는 행동이 앞서곤 하지."
 "사양하지 않겠소."
 "사양할 수 없는 거겠지."
 북궁정이 이를 드러냈다. 위소소에게 주먹을 휘두를 때와 마찬가지의 표정이다. 섬뜩한 살기를 드러낸 것이다.
 '온다!'
 운검은 자신의 기감 속으로 광풍폭우와 같이 맹렬하게 파고드는 살기를 전신으로 느꼈다.
 섬뜩하면서도 소름 끼치는 어떤 것!
 무공 같은 걸론 결코 형성되지 않는 야수의 독아 같은 기세와 함께 북궁정이 운검에게 도를 휘둘러 왔다. 전신으로 들이쳐 왔다.
 쉬아아아악!
 운검 역시 움직였다.
 구궁보.
 아니다. 처음만 구궁보였다. 곧바로 신행백변으로 바꿨다.

갈지자의 움직임.

그와 더불어 수중의 검 역시 곧추세웠다. 또다시 자하신공으로 검신을 두른 후 종횡하듯 휘둘러 댔다. 검기의 회오리로 전신을 휘감아 버린 것이다.

상인미중시!

서릿발 같은 검기가 자하의 빛과 함께 어우러졌다.

철벽을 만들어냈다.

그러나 곧바로 산산조각나는 검기의 파편들!

북궁정의 곡도에서 펼쳐진 창파도법의 맹렬한 기세에 철벽처럼 운검의 전신을 둘러쌌던 검기는 순식간에 박살났다. 아예 상대조차 되지 못하고 부서져 버렸다. 대번에 구멍이 숭숭 뚫려 버렸다.

그렇다고 아예 소득이 없었던 것도 아니다.

북궁정의 도강은 잠시나마 주춤거렸다. 맹렬한 돌격에 잠시의 틈을 보였다.

운검에겐 그것만으로 충분했다.

스으.

발끝을 움직여 지축을 박차며 뛰어오른 운검의 신형이 기쾌하게 세 차례 공중제비를 돌았다. 수중의 검 역시 놀고만 있진 않는다.

금일임휘시!

자하의 검기가 북궁정의 머리와 상반신 전체를 에워쌌다.

강력한 도강이 잠시 멈칫거린 사이에 오히려 반격을 당하는 입장이 되어버렸다.

'이놈이!'

북궁정의 두 눈에 힘이 들어갔다.

지난 수년간.

이처럼 완벽하게 허를 찔려보긴 처음이다. 적어도 자신과 비슷한 동배에서 이런 짓을 할 수 있는 자가 있으리라곤 상상조차 하지 못했다.

휘릭!

북궁정이 수중의 곡도를 거꾸로 쥐었다.

전진일로(前進一路)!

하나의 길로 앞으로 나아갈 뿐 결코 후퇴가 없다.

패도적인 소천신공과 더불어 펼쳐지는 창파도법을 일컬을 때 흔히 회자되는 말이다.

당연히 역수도(逆手刀) 따위가 존재할 리 없다. 문득 살기로 번들거리던 북궁정의 뇌리로 급박한 천리전음(千里轉音) 하나가 파고들어 왔다.

"대공자님! 마광일섬은 결코 지금 세상에 모습을 드러내선 안 됩니다!"

'제기랄!'

북궁정은 천리전음의 주인이 누군지 안다.

평상시 같았으면 외면했을 터.

그러나 지금은 아니다. 아직 북궁세가의 대권을 쥐지 못했기 때문이다.

북궁정은 곧바로 역수도를 바로 했다. 마광일섬을 포기하고 유성삼전도를 펼쳤다. 그 외엔 운검이 펼친 금일임휘시를 막을 방도가 없었다.

스슥!

번개가 무색할 정도의 속도다.

순식간에 신형을 뒤로 물린 북궁정이 자신의 앞에 표표히 떨어져 내린 운검에게 살기를 발산했다. 당장 물어뜯기라도 할 듯한 기세다.

"나는 패배한 게 아니다!"

"알고 있소."

"알고 있다? 어떻게?"

"방금 전에 순간적으로 강한 반격을 펼치려다 포기했잖소? 아마도 유성삼전도 따위와는 비교조차 되지 않을 정도로 강한 수법이었을 텐데 말이오."

"그렇다. 아주 강한 수법이었다. 네 녀석의 목숨을 단숨에 끊을 수 있을 정도로."

운검은 이를 가는 듯한 북궁정의 말에 별다른 대꾸를 하지 않았다. 이미 예상하고 있던 말이었다. 굳이 상대방에게 반응을 보일 까닭이 없었다.

까닥!

그는 그저 고개를 한쪽으로 기울여 보였다. 할 말 다 했으면 그만 본론으로 들어가라는 뜻이다.

으득!

그 모습에 한차례 이를 갈아 보인 북궁정이 시선을 한쪽으로 던졌다. 천리전음이 날아온 장소다.

'일각! 그 정도만 시간이 주어진다면 저 재수없는 자식을 죽여 버릴 수 있다! 일각이면 돼! 하지만 내게 천리전음까지 펼쳤는데, 외면할 순 없을 테지?'

자기 자신만 알 수 있는 내심이다. 뇌까림이다.

염두를 굴림과 동시에 눈을 살짝 가늘게 떠 보인 북궁정이 운검을 향해 이를 드러내며 웃어 보였다.

"화산파의 일맥을 수련한 운검이라 했던가?"

"그렇소."

"재수가 좋구나. 그래 봤자 하루 더 목숨이 유지되었을 뿐이지만 말야."

"……."

운검은 대답하지 않았다. 대신 어깨를 한차례 으쓱해 보였다. 북궁정의 말을 이해하지 못한다는 표정과 함께다.

북궁정이 그 모습에 다시 살기 어린 시선을 던지곤 천천히 신형을 돌려세웠다.

스슥.

절정에 도달한 유성삼전도.

그의 모습이 순식간에 운검의 앞에서 사라졌다. 이번 비무대회에서 묘하게 자신의 시선을 잡아끌었던 운검의 진짜 실력을 파악하길 포기한 것이다.

"휴우!"
운검은 북궁정이 눈앞에서 모습을 감추자 참고 있던 가쁜 숨을 가볍게 내뱉었다.
안도의 한숨?
그것보다는 조금 더 복잡 미묘한 감정이 담겨져 있다.
방금 전 북궁정과 맞대결을 벌이는 사이 자칫 심장에 박힌 마정이 다시 녹아내릴 뻔했다. 삼성가량 회복한 자하신공을 바탕으로 한 화산무학이론 도강을 자유자재로 사용하는 그를 막아내기가 쉽지 않았기 때문이다.
'창천혈도 북궁정이라고 했던가? 삼성의 자하신공. 오늘 나는 그걸로 할 수 있는 움직임의 극한을 보였다. 만약 그 녀석이 방금 전에 공격하는 걸 멈추지 않았다면 아주 위험할 뻔했어.'
꾸욱!
운검은 내심 염두를 굴린 후 심장 어림을 손으로 천천히 눌러보았다.
심장에 자리 잡은 마정.
그의 최대 불안 요소다. 언제 어느 때 다시 녹아내려 폭주를 하게 만들지 모르는 까닭이다.

자기 자신을 잃어버린다는 것!

그것만큼 사람을 두렵게 하는 건 없다. 특히 자의식이 강하고 구대문파 중 하나인 화산파에서 평생을 보낸 운검 같은 이에겐 더욱 그러하다.

잠시 그렇게 시간을 보낸 운검이 위소소 쪽으로 신형을 돌려세웠다. 문득 북궁정에게 얻어맞고 쓰러졌던 그녀가 걱정되었기 때문이다.

"응?"

운검의 눈살이 찌푸려졌다.

위소소가 감쪽같이 모습을 감춘 까닭이다.

*　　　*　　　*

위소소는 은행마영을 펼쳐 북궁정의 뒤를 은밀히 쫓았다.

그와 맞닥뜨렸던 찰나의 순간.

손속을 나눈 것과 동시에 그녀는 뭔가 크게 잘못되었음을 깨달았다.

북궁정이 생각 이상의 고수라서가 아니다.

그가 토해낸 광포한 기세가 왠지 모르게 낯설지 않아서였다.

'그건 분명히 어린 시절 오라버니께서 마공을 대성하시기

전에 가끔 보이시곤 하던 기세였다. 한 번 본 후에 너무 무서워서 다신 볼 수 없었던 바로 그 기세였어. 그런데 어떻게 그런 일이 있을 수 있는 걸까? 그는 분명히 북궁세가의 대공자인 창천혈도 북궁정이었는데…….'

위소소는 여기까지 생각한 후 머리를 가볍게 흔들었다.

복잡하다.

당장이라도 조그마한 머릿속이 터져 버릴 것 같다. 오라버니 구천마제 위극양의 기운을 풍기던 운검만 상대하기에도 바빴다. 그런데 이제 또 다른 자가 등장했다. 혼란스러움에 일시 어찌할 바를 모르게 된 것도 무리는 아니다.

흠칫!

위소소는 문득 어깨를 가볍게 떨어 보였다.

천사심공과 형제의 무공이나 불완전한 소수현마경의 구성 단계!

점차 인간적인 감정이 소멸해 가고 있었다. 아니, 거진 다 없어져서 이젠 희미한 흔적만이 남아 있을 뿐이었다. 분명 그랬다. 얼마 전까진 말이다.

그런데 근래 들어 위소소는 과거를 떠올리는 일이 잦아지고 있었다.

걱정이 많아지고 고민을 하며 종종 수심에 젖어들곤 했다.

희로애락애오욕(喜怒哀樂愛惡慾).

이젠 완전히 남의 일이라고 여겼던 인간적인 감정들이 하나둘 다시 머리를 들기 시작했다. 소수현마경의 구성 단계에선 결코 있을 수 없는 일이 벌어지고 있는 것이다.

'이건… 설마하니, 내 소수현마경이 십성 대성을 앞둔 것을 의미하는 것일까? 분명히 모든 무공은 십성 대성을 앞두곤 일시적으로 심마(心魔)가 찾아오고 본래의 공능이 줄어든다고 했다. 특히 마공은 그 같은 점이 더더욱 심하고 말야!'

거기까지 생각을 정리한 위소소의 표정이 복잡해졌다.

소수현마경의 십성 단계.

위력과 공능만으로 보면 완성형인 천사심공과 거진 동일하다. 둘 사이엔 미미한 차이밖엔 없다. 다만 그로 인해 그녀는 완벽하게 인간의 감정을 잃어버리게 된다.

이미 알고 있던 일.

각오했던 바다.

지금 와서 거리낄 건 전혀 없었다. 분명 그랬다. 오라버니 위극양의 복수를 위해서 그 정도 희생쯤은 아무것도 아니라 여긴 것이다.

꾸욱!

위소소는 흔들리려는 자신의 마음을 다잡았다.

심마다.

이제 와서 마음을 뒤흔드는 이 같은 감정상의 혼란은 심마 때문에 벌어진 일임이 분명했다.

'게다가 지금은 그런 사소한 일에 신경 쓸 때가 아니다! 어

째서 사패의 후인 중에서 오라버니와 비슷한 기운을 풍기는 자가 나타났는지 알아보는 게 우선이야!'

위소소는 은행마영을 완벽하게 펼쳐 내는 데 더욱 심력을 쏟아 부었다.

그녀가 뒤쫓고 있는 북궁정.

결코 만만치 않은 자다.

순수한 무공으로만 따져도 사부 격인 사대마종과 비견해 결코 떨어지지 않는다. 비록 은행마영이 구마련 제일의 은신 추종술이긴 하나 절대 방심은 금물이었다.

스스스슥!

위소소는 주변을 에워싼 대기와 완벽한 동화를 이룬 채 북궁정의 뒤를 집요하게 따르고 있었다.

적봉루.

운검을 뒤로한 채 북궁정이 도착한 곳이다.

그는 잠시 주변을 둘러보더니 적봉루의 한 켠에 앉아 있는 유성월을 발견해 냈다.

"유 총관, 무공을 숨기고 있었군?"

"강호를 살아가는 자는 본래 삼 푼가량 자신의 기량을 숨겨야만 한다는 건 기본이라고 생각합니다."

"항상 말은 잘하지."

나직이 툴툴거린 북궁정이 눈을 가늘게 만들었다.

"나더러 그 운검이란 녀석의 무공 수준을 파악해 보라 해 놓고 어째서 천리전음을 날려 가로막은 것이지? 대답 여하에 따라서 내 더러운 성격이 폭발할지 말지를 결정지을 생각이야!"

"제 예상이 맞다면, 운검 그자는 오 년여 전 구마련주의 목에 검을 꽂아 넣은 화산파의 비밀 고수가 틀림없습니다."

"뭐?"

"구천마제 위극양을 죽인 자란 뜻입니다."

"……."

북궁정은 잠시 침묵했다.

담대한 성격.

그보다는 폭급하고 살기가 지나치게 넘치는 야수의 본능을 타고난 그다.

어떤 일에도 이리 크게 놀라진 않을 터이나 지금 유성월의 입에서 흘러나온 사안은 크기 자체가 다르다. 전대 무림의 가장 큰 비밀 중 하나가 진실을 드러낸 순간이기 때문이다.

"그러니까 구마련주를 죽인 건 아버님을 비롯한 사패주가 아니란 건가?"

"그렇습니다. 가주님을 비롯한 사패주가 한 일은 위극양과 휘하의 구대마종을 궁지에 몰아넣는 것까지였습니다. 확실한 일격을 가하는 영광은 다른 자에게 빼앗겼지요."

"그리고 그게 바로 그 운검이란 자식이고?"

"그렇다고 사료됩니다. 그가 대공자님과 손속을 겨룰 때 펼친 건 분명히 화산파에서 수백 년간 익힌 자가 거의 없다는 자하구벽검이었으니까요."

"자하구벽검?"

"화산파가 자랑하는 정파제일검법의 이름입니다. 물론 그와 비슷한 위력의 검법은 몇 개 더 존재하긴 하지만요."

"……."

북궁정이 다시 침묵했다.

말문이 막혀서가 아니다. 문득 자신의 감각 속으로 파고든 거슬림을 느낀 까닭이다.

第三十五章

고대마교(古代魔敎)
수백 년 전 절대마조가 있어, 마도천하를 이룩했다

'으음!'

위소소는 입 밖으로 튀어나오려는 신음을 가까스로 참았다.

그녀의 옆구리.

어느새 핏물이 번져 나오고 있다. 느닷없이 날아든 비도가 남긴 상흔이다.

당연히 그것만으로 끝일 리 없다.

잠시 그녀가 고통에 겨워하는 사이 또다시 몇 개나 되는 비도가 날아들었다.

쇄금비!

북궁세가를 대표하는 비도술이다. 그것이 무더기로 펼쳐진 것이다.

 스슥!

 위소소는 고통을 참고서 재빨리 신형을 뒤로 뒤집었다. 이미 자신의 은행마영이 들통난 만큼 더 이상 몸을 숨기고만 있을 순 없었다.

 풀썩!

 그와 함께 바닥으로 사라지는 섬세한 신형.

 금선탈각(金蟬脫殼)이다.

 "재밌군. 설마 내 쇄금비가 빗나갈 줄이야……."

 북궁정은 재밌다는 듯한 목소리와 함께 자신의 손을 눈으로 살폈다.

 방금 전 연달아 쇄금비를 펼쳐 낸 손.

 몇 차례 까닥여 보이고 흔드는 것이 흡사 장인이 기기(器機)의 미세한 눈금을 맞추는 것과 같다.

 유성월이 담담한 표정으로 말했다.

 "아마도 구마련의 잔당일 테지요."

 "구마련의 잔당?"

 "이번 비무초친의 우승자에게 부상으로 내건 적룡신갑은 본래 마신흉갑입니다. 구마련의 잔당들이 꼬이는 것도 무리는 아닌 게지요."

"마신흉갑이라면 그 고대마교의 유산이라는……."
"그건 대공자님께서 언급하실 일은 아니라고 봅니다."
"그런 건가?"
"그렇습니다."
"흥!"
북궁정이 나직한 코웃음과 함께 입을 다물었다.
고대마교!
수백 년 전 중원에서 창궐한 후 최초로 마도천하를 이룬 전설상의 이름이다. 위대한 절대마조(絶對魔祖)와 함께 정파무림에 가장 큰 치욕이기도 하다.
당연히 북궁정으로서도 쉽사리 입에 담긴 곤란했다. 그가 사부로 모시고 있는 대존주야말로 당대 고대마교의 적통을 이었다고 자부하는 초인이었기 때문이다.
'마신흉갑이라… 어쩌면 사부 늙은이가 본 가에 오래전부터 신경을 써왔던 이유일지도 모르겠군.'
내심 염두를 굴린 북궁정이 유성월에게 한차례 턱짓을 해 보였다.
"그럼 이젠 슬슬 본론으로 들어가자구. 그래서 내일 내가 뭘 하면 되는 거야?"
"그건……."
잠시 말끝을 흐린 유성월이 입가에 흐릿한 미소를 만들어 냈다. 언제나와 마찬가지로 내심을 읽기 힘든 표정 역시 함께

였다.

 *　　　*　　　*

 진영언은 다시 북궁세가에 들어온 후 내심 생각에 잠겼다.
 사부 보타신니와 우현, 취도, 팔방신개에 정체불명의 중년 승과 귀왕 소연명까지…….
 북궁휘의 안내에 의해 진영언과 함께 북궁세가에 침입한 사람들은 누구 하나 강호에서 이름나지 않은 자가 없다. 사실은 전대와 당대의 기인이사들이라고 할 수 있었다.
 그런데 그런 자들이 하나의 단체에 속했단다.
 또한 사패의 하나인 북궁세가의 가주인 서방도신 북궁한경과 함께 손을 잡고 뭔가 비밀리에 일을 벌이려 한다.
 폭풍의 냄새!
 오 년여 전 구마련과의 대혈전 이후 사패의 지배하에 안정을 구가하고 있던 강호무림에 또다시 거대한 바람이 불어오려 하고 있었다. 분명 그랬다.
 하지만 진영언은 곧 편하게 생각하기로 마음먹었다.
 '어차피 이번 일은 전대의 어르신들끼리 벌이는 일이다. 나는 운검 자식을 다시 본 후에 적당히 중간에서 빠져나오면 될 일일 거야. 게다가 이번 일에는 북궁세가주와 북궁휘도 끼었으니, 설마 무슨 큰일이 벌어지겠어?'

역시 태생은 어쩔 수 없다. 진영언은 언제 잔뜩 인상을 찡그린 채 고민했냐는 듯 곧 만사태평한 표정이 되었다. 녹림도답게 마음을 편하게 풀어버린 것이다.
 그런 그녀가 있는 장소.
 이틀에 걸친 비무초친 비무대회로 인해 거진 텅텅 비다시피 한 객청의 한 건물 위다. 그녀는 그곳에 쭈그려 앉은 채 달을 바라보고 있었다.
 까닥! 까닥!
 버릇처럼 늘씬한 다리를 이리저리 흔들어 보이는 진영언의 모습이 자못 요염하다. 만약 밤중에 뒷간을 나섰던 후기지수가 보기라도 했다면 밤잠을 설칠지도 모르겠다.
 그때다.
 그녀의 배후로 사람의 그림자 하나가 모습을 드러냈다. 마찬가지로 객청에 자리 잡은 구정회의 기인이사들 중 한 명인 보타신니다.
 슥!
 곧바로 진영언의 옆자리를 차지하고 앉은 보타신니가 주름 가득한 얼굴을 불쑥 들이밀었다.
 "나무관세음! 이 달 밝은 밤중에 무얼 그리 생각하고 있는 것이냐?"
 "아!"
 진영언은 느닷없는 보타신니의 등장에 도톰한 입술을 살

짝 벌렸다. 경공의 고수인 그녀가 더욱 놀라운 실력을 지닌 사부의 등장을 알아차리지 못하고 놀라 버린 것이다.

보타신니의 얼굴은 그저 벙글거리고 있을 뿐이다.

"아는 무슨 아! 내 그렇게 경공의 기초를 잡아주면서 항상 혼자 있을 땐 이목 쪽으로 기감의 칠 할 정도를 열어두고 있어야만 한다고 가르쳤건만."

"그러고 있었어요."

"엥?"

"그러고 있었다고요. 그런데도 사부님께서 다가오는 기척을 전혀 느낄 수 없었어요."

"흐음."

보타신니가 나직한 신음과 함께 자신의 민대머리를 손가락으로 몇 차례 긁어 보였다. 뭔가 깊은 고민에 빠진 것 같은 모양새다.

그리곤 주먹으로 손바닥을 내려친다.

"그렇구나! 그래!"

"뭐가 그렇다는 거지요?"

"아무래도 내 경공이 그사이 발전한 것 같구나!"

"예?"

"너도 알다시피 내 불영신법은 그동안 완전치 못했었는데, 근래 들어 약간의 깨달음이 있었구나. 그게 옳은 것인지, 아니면 마구니[魔君]가 든 것인지 몰랐었는데, 네 말을 듣고 보니 이제 확실해진 것 같다."

"……."

진영언이 나이를 잊은 듯 아이처럼 즐거워하고 있는 보타신니를 잠시 물끄러미 바라봤다.

거진 팔순을 바라보는 나이.

초절정에 이른 고수라 해도 슬슬 근력이 줄어들고 무공의 향상을 바라보긴 늦은 나이다. 적어도 진영언이 아는 무공 상식으로는 그랬다.

'아버님은 고작해야 육순밖에 안 됐는데도 더 이상의 무공 성취를 포기하셨었다. 그런데 사부님은 아직도 무공의 성취를 이룩하시고 있으니, 정말 대단하시다!'

진영언은 진심으로 보타신니에게 감탄했다. 흠모의 감정이 얼굴 가득 드러날 정도였다.

'나무관세음! 역시 구정회는 대단해! 보타암에서 벌써 백여 년 전에 절전된 불영신법의 마지막 구절을 가지고 있을 줄이야!'

불영신법의 마지막 구절!

그것이야말로 보타신니가 팔순을 바라보는 나이에 회춘하듯 경공이 상승한 진짜 이유였다. 그녀가 그동안 그다지 연관이 없던 구정회에 발을 들여놓게 된 동기이기도 하다.

그러나 그 같은 사실까지 진영언에게 말할 필요는 없다.

보타신니는 별다른 고민 없이 자신의 늦둥이 제자의 존경 어린 시선을 받아들이기로 했다. 물론 화제를 바꾸는 것 역시 잊진 않는다.

"그래서, 언제부터더냐?"

"예?"

"북궁세가의 삼공자 말이다. 언제부터 친분을 쌓게 된 것인지 말해보거라."

"그건……."

진영언은 별다른 의심 없이 대답을 하려다 말끝을 살짝 흐렸다. 왠지 모르게 자신의 말에 잔뜩 집중하고 있는 보타신니의 표정과 반짝거리고 있는 눈빛이 부담스러웠기 때문이다.

불쑥 의심 역시 고개를 치켜든다.

'사부님… 설마 북궁휘와 나 사일 의심하고 있는 건 아닐 테지?'

맞다. 정답이다.

보타신니는 한 치의 의심도 없이 그리 생각하고 있었다.

어쨌든 지엄한 사부의 명이다. 대답을 계속 뒤로 미룰 순 없다.

잠시의 침묵 끝에 진영언이 말을 이었다.

"…북궁 소협과는 그다지 큰 친분은 없어요. 그냥 오다가다 만나서 얼굴을 익힌 사이라고 할 수 있어요."

"그냥 오다가다 얼굴을 익힌 사이라고?"

"예."

"흐음."

보타신니가 침음과 함께 눈매를 살짝 가늘게 만들어 보였다.

'그 북궁휘란 아이는 명문세가의 자제답게 예의도 바르고 무공 역시 상당한 수준에 올라 있었다. 용모도 그만하면 꽤나 준수하고. 사내의 얼굴을 심하게 따지는 영언이에겐 더할 나위 없는 배필감이라고 생각했는데… 아니라니. 설마, 영언이 이 녀석, 부끄러워하고 있는 건가?'

보타신니의 눈매가 더욱 가늘어졌다.

의심에 의심이 더해진 형국.

그렇다고 심중의 그 같은 의심을 캐물을 보타신니가 아니다. 그녀 역시 남녀 간의 애정 문제에는 그다지 아는 바가 없다. 사실 이렇게 나설 주제는 아니다.

다시 민대머리를 손가락으로 긁은 보타신니가 하늘을 올려다봤다.

"나무관세음! 그나저나 영언아, 오늘 밤은 달이 참으로 밝구나!"

"그렇네요."

진영언이 천천히 고개를 끄덕이며 동의했다.

* * *

북궁휘는 몰래 봉무각으로 향하던 중 눈에 이채를 발했다.
그의 활성화된 감각 안으로 파고들어 온 기척!
근래 부친 북궁한경의 밀명에 의해 구정회와의 연락을 맡게 된 터다.
다른 때와 달리 긴장할 수밖에 없다.
스슥!
순간적으로 유성삼전도를 펼치며 신형을 이동시킨 북궁휘가 곧바로 단장검을 뽑아 들었다. 발검과 동시에 상대를 치기 위한 최단거리를 확보했음은 물론이다.
그에 따라 삽시간에 수십 개로 잘려 나간 달빛!
북궁휘의 단장검이 유성과 같은 빠르기로 검사를 뿜어내다 일시 동작을 멈췄다.
주룩!
하이얀 목덜미에 가느다란 혈선 하나가 만들어졌다. 북궁휘의 단장검이 만든 상흔이다.
그 목덜미의 주인.
북궁휘의 단장검이 기쾌한 움직임을 멈춘 것과 동시에 신형을 회전시킨다.
번쩍!
수중에 들린 검 역시 마찬가지다.
칭!
미세한 소음과 함께 단장검을 타고 파고든 막강한 내경에 북궁휘의 안색이 가볍게 일그러졌다.

체질과 맞지 않는 소천신공.

운검의 뒤를 따르며 적당히 순화시켜 운용하긴 했으나 검법의 발전을 따라잡는 데는 실패했다. 천재적인 재능에 의해 불완전한 균형을 유지하고 있을 뿐이었다.

당연히 검신을 통해 둑 터진 물처럼 몰려든 내경을 감당해 내긴 쉽지 않다. 완전히 허를 찔린 것이나 다름없다.

'이런 실수를!'

북궁휘는 내심 침음을 터뜨리며 단장검을 놨다. 그 수밖엔 내경을 이용한 상대방의 공격을 막아낼 수 없다는 판단이다.

그렇다고 완전히 단장검을 포기한 건 아니다.

슥!

막강한 내경의 공격으로부터 자유로워지자마자 북궁휘는 발을 움직였다. 발등으로 바닥에 떨어져 내리던 단장검을 쳐 올린 것이다.

그리고 다시 유성삼전도!

번개같이 신형을 뒤로 빼낸 북궁휘가 발등에 차여져 공중으로 솟아오른 단장검을 다시 수중에 넣었다.

긴 설명에 비해 단지 한 호흡 만에 이뤄진 연계 동작!

기가 막히다.

만약 누군가 옆에서 봤다면 필경 그리 탄성을 터뜨렸을 터다.

물론 북궁휘가 그런 것에 연연할 성격은 아니다.

그는 단장검을 다시 수중에 넣자마자 자신을 내경으로 공격한 상대를 바라봤다. 혹시라도 방금 전에 봤던 게 잘못된 것인지를 확인해야만 한다는 판단이었다.

흔들.

위소소는 단장검에 상처난 목 부근을 손가락으로 훑고는 고개를 가볍게 가로저었다.

"역시 북궁 소협이군요. 그 같은 상황에서도 자신의 검을 포기하지 않다니!"

"검객의 본분일 뿐이오. 그런데 유 소저가 어찌 이런 야심한 시각에 본 가의 내부를 헤매고 계셨던 것이오?"

"산책 중이었다고 하면 믿겠는지요?"

"믿기지 않소."

북궁휘는 평상시처럼 융통성없이 대답했다. 위소소가 역시 그럴 줄 알았다는 표정으로 천천히 고개를 끄덕여 보였다.

"역시 그럴 테지요. 하지만 지금은 때가 좋지 않으니, 이대로 넘어가 주시면 안 될까요?"

"그럴 수는 없소."

"그럼 다시 싸우겠다는 뜻인가요? 저와 마찬가지로 북궁 소협도 이 이상 소란이 커지는 걸 원치는 않을 듯한데요?"

"그건……."

북궁휘는 말끝을 흐리며 위소소의 오연한 모습을 눈으로

살폈다.

그가 아는 유연서!

무산검문의 당대 계승자의 검 실력은 결코 보통이 아니었다. 실제로 전력을 다해 겨룬다면 누가 이길지 예상할 수 없을 정도였다.

'게다가 문제는 방금 전 내 단장검을 통해 전해져 온 괴이한 내경이다! 내 일천한 내공으로는 또다시 그 같은 내경의 침습을 당하게 되면 감당해 내기가 쉽지 않을 게 분명하다!'

의혹의 확인.

그 이전에 내려야 할 것은 정확한 현실에 대한 파악이다. 특히 요즘처럼 북궁세가의 존망을 건 문제로 몰래 움직이고 있을 때엔 더욱 그러하다.

그 같은 북궁휘의 심적인 갈등을 위소소는 바로 파악해 냈다.

그녀가 익힌 소수현마경!

사람의 내심을 읽는 능력이 결코 천사심공에 못지 않다. 상대방이 빈틈을 보였으니 이용하지 않을 까닭이 없다.

"제가 한 가지 좋은 정보를 주죠."

"좋은 정보?"

"대공자 북궁정을 조심하세요!"

"뭐······."

북궁휘는 일시 흔들림을 보였다. 위소소가 언급한 이름이 너무나 뜻밖이었기 때문이다.

위소소에겐 절호의 기회다.

스슥!

북궁휘의 눈앞에서 위소소의 신형이 마치 신기루와 같이 자취를 감췄다.

두 눈을 버젓이 뜨고도 어떻게 된 영문인지 모를 만한 은신법!

북궁휘 역시 한순간 그녀의 움직임을 놓쳐 버리고 말았다. 북궁정이란 이름에 마음이 흔들린 게 원인이다.

"어째서 유 소저의 입에서 큰형님의 이름이 흘러나왔는가……."

알 수 없다.

모든 것이 혼란스럽다.

북궁휘는 잠시 망설이다가 봉무각으로 향하던 걸음을 돌려세웠다.

사부 운검에게 보고하는 것.

지금보다는 나중이 옳을 듯싶다. 여전히 유연서의 얼굴을 하고 있는 위소소에게 전해 들은 사항을 지금 당장 조사해 봐야만 했기 때문이다.

스륵!

북궁휘가 자리를 피하고 얼마 지나지 않아서다.

신기루처럼 그의 앞에서 모습을 감췄던 위소소가 거짓말처럼 나타났다.

 환상?

 그런 것과는 관계없다.

 그녀는 은행마영을 펼쳐서 잠시간 자신의 모습을 어둠 속에 감춰 버렸을 뿐이다. 그와 동시에 호흡을 멈추고 전신 모공을 닫아서 마치 이곳을 떠난 것과 같은 연출을 더했음은 물론이다.

 휘청!

 위소소의 섬세한 신형이 한차례 흔들거렸다.

 옆구리가 문제다.

 북궁정의 쇄금비가 스치고 지나간 자리의 상처가 제법 크다. 재빨리 지혈을 하긴 했으나 방금 전 북궁휘와의 대결로 인해 상처 부위가 다시 벌어져 버렸다.

 '북궁휘까지 암중에 움직임을 보이고 있다니! 북궁세가! 도대체 무슨 일이 벌어지고 있는 것이냐?'

 대답은 없다.

 혼란만이 남았을 뿐이다.

 위소소는 이 같은 때에 자신이 어찌해야 할지를 알고 있다. 무공과 혈통만으로 소수여제의 자리에까지 오른 그녀가 아니기 때문이다.

 잠시의 고심 끝에 그녀가 움직임을 보였다.

북궁휘와 마찬가지로 여태까지 향하고 있던 봉무각이 아니라 외원 쪽 방면이었다.

*   *   *

날이 밝았다.
드디어 비무초친 비무대회의 마지막 날이다.
운검은 밤새 북궁휘와 갑자기 모습을 감춘 위소소를 기다리다 새벽에야 잠이 들었다. 선잠을 자게 된 것이다.
당연히 심사가 편할 리 없다.
눈빛 역시 살짝 퀭하다.
'제길! 오늘이 북궁세가에서 버틸 수 있는 마지막 날인데… 한 명, 두 명 내 곁을 떠나선 다시 돌아올 줄을 모르는구만!'
내심 투덜거리면서 운검은 대충 의복을 차려입었다. 항상 주변에서 소란을 떨어대던 여자들이 모습을 감춰서인지 딱히 옷차림에 신경을 쓰고 싶지도 않았다.
침소를 나서니, 어느새 친해진 소금주와 곽철원이 대화를 나누며 웃음꽃을 피우고 있었다. 얼마나 서로에게 집중을 하고 있는지 운검이 나온 것도 모른다.
'언제부터 저리 친해졌지? 흐음, 그러고 보니 철원이 녀석은 아직 관건의 예를 올리지 않았었군.'

운검이 두 사람을 살피곤 입가에 자신도 모르게 흐릿한 미소를 만들어냈다.

소녀티를 막 벗은 소금주와 중년의 아저씨 냄새를 풀풀 풍기는 곽철원.

엄밀히 말해서 그리 어울리진 않는다.

한 명은 강북 하오문의 총순찰이자 지낭이고, 다른 한 명은 명문 화산파의 장문제자다. 나이나 무림에서의 위치로 볼 때 함께 어울리는 자체가 말이 안 된다고 볼 수도 있을 터다.

그러나 운검은 본래 그 같은 세상의 허례허식을 따지는 사람이 아니었다. 본의 아니게 마정의 저주를 얻는 덕분에 세사에 대해선 제법 견식이 있었으나 남녀 간의 문제 같은 것은 별개였다. 전혀 모르는 건 아니나 관심이 없으니 크게 아는 바가 많지도 않았다.

그냥 보기 좋다!

그것만으로 그는 소금주와 곽철원의 사이를 긍정적으로 봤다. 사실 나이의 차이만 빼면 귀엽고 애교 넘치는 소금주와 훤칠하니 기태가 늠름한 곽철원은 나름대로 그림이 나오기도 했다. 일단 겉으로 보기엔 그러하단 뜻이다.

내심 고개를 끄덕인 운검이 슬쩍 목청을 높였다.

"철원아, 아침부터 기분이 참 좋아 보이는구나?"

"아!"

곽철원이 뒤늦게 운검의 존재를 눈치 채고 얼굴에 당황한 기색을 드러냈다.

 운검과 재회한 후 마음속의 미혹을 버렸다. 사문 화산파와 운검에게 평생 헌신하기로 마음먹은 것이다.

 그런데 운검이 대결전을 벌이기 직전 여자 아이와 노닥거리는 모습을 들켜 버렸다. 당황스러운 마음이 드는 것도 무리는 아니다.

 "사, 사숙님, 벌써 기침하셨습니까?"

 "기침은 무슨! 그냥 아침에 눈이 떠져서 일어났다. 요즘 이상하게 밤잠이 줄어들어서 말야. 그런데 너는 아침부터 꽤나 바빠 보이는구나?"

 "예? 그, 그게 무슨……."

 "……."

 운검이 대답 대신 소금주 쪽을 손가락으로 가리켰다. 얼굴에 살짝 음흉스런 표정을 지어 보이는 것도 잊진 않았다. 갑자기 자신보다 나이 많은 사질을 놀려먹고 싶은 생각이 들어서다.

 문제는 그가 한 가지 간과한 사실이 있다는 거다. 곽철원은 화산파의 장문제자로서 지나칠 정도로 엄격하고 엄숙한 기풍 속에서 수련해 왔다. 운검에게 마음을 연 후 유난히 눈치를 보고 있기도 했다.

 털썩!

 느닷없이 바닥에 엎드린 곽철원이 이마를 땅에 박고서 소리쳤다.

"사숙님, 제 잘못을 용서해 주십시오!"

"뭐?"

"소질, 사숙님의 가르침에 계속 일로정진해야 하는 점을 잠시 망각하고 있었습니다! 그러니 부디 크게 꾸짖어주시고, 소질을 바른길로 인도해 주십시오!"

"……"

운검은 잠시 말문이 막히는 걸 느꼈다.

과거.

눈앞의 곽철원은 항상 운검에게 적대적이었다. 제법 꽉 막힌 성격이란 점을 제외하면 함께 보낸 시간이 극히 적었다. 당연히 이렇게 농담이 통하지 않는 성격이란 걸 알아차릴 수 있었을 리 없다.

'하긴 꼬장꼬장한 장문 사형이 수제자로 삼았을 정도의 녀석이었지? 이 정도 성격을 지닌 것도 무리는 아닐 테지.'

곽철원을 용서함과 동시였다.

그는 자연스레 화산파와 장문 사형인 운양 진인 역시 너그럽게 보게 되었다. 화산을 떠난 후 만난 꽤나 많은 인연들과의 얽힘이 조금 더 유연한 사고방식을 할 수 있게 만들어줬다.

물론 그렇다고 해서 마음속의 꼬인 부분이 완벽하게 풀린 것은 아니다. 단지 인간의 나약한 부분을 조금 더 이해할 수 있게 된 것이라 할 수 있었다.

운검이 내심 고개를 가로젓곤 짤막하게 한마디했다.

"용서하마."

"예?"

"네 모든 죄를 용서하고 사해줄 테니, 땅바닥에 그만 머리 박고 일어서란 거다."

"사, 사숙님, 그렇지만 소질의 죄는……."

"나 배고프다!"

운검의 일갈에 곽철원이 용수철처럼 바닥에서 튕겨져 일어섰다.

"소질이 곧바로 식사를 준비하도록 하겠습니다!"

"당연하지."

운검이 한마디 던진 후 곽철원의 뒤를 얼른 따라나서려는 소금주의 뒷덜미를 재빨리 잡아챘다. 난화불혈수다.

바둥! 바둥!

장신인 운검에게 뒷덜미를 붙잡혀 공중으로 살짝 뜬 상태가 된 소금주가 몸을 이리저리 뒤틀어 보였다.

자기 딴에는 운신법을 이용해서 난화불혈수에서 벗어나려 노력하고 있는 것 같다. 사실은 죄의식을 일으켜 손을 놓게 만들려는 게 이 같은 움직임의 핵심이다.

하나 운검이 그런 데 넘어갈 사람이 아니다.

그는 오히려 뒷덜미를 잡아챈 손아귀에 힘을 가중시켰다.

몇 차례 소금주의 작은 몸을 흔들어 보이는 것도 잊지 않는다.

"아악! 아악!"

"시끄럽고."

소금주의 비명을 차가운 한마디로 잠재운 운검이 퉁명스레 말했다.

"오늘이 내가 북궁세가에서 보낼 수 있는 마지막 날이야. 얼른 털어놔 봐."

"예?"

"못 알아듣는 척하겠다?"

운검이 다시 소금주의 몸을 흔들어 보였다. 그녀의 입에서 비명이 절로 뒤를 따랐음은 물론이다.

"아악! 말할게요! 말할게요!"

"항복이냐?"

"물론이에요! 당연해요!"

'진작 그럴 것이지.'

운검이 입가에 살짝 미소를 만든 후 소금주를 바닥에 얌전히 내려줬다.

소금주가 허리를 절반쯤 접은 후 몇 차례 헐떡임을 보이곤 몸을 바로 했다. 그녀의 얼굴에는 절반쯤 비탄에 젖은 표정이 감돌고 있다.

"운검 가가, 아무리 조강지처가 바람을 피웠다곤 해도 강호 도의상 한 번쯤 변명은 들어봐야 하는 거잖아요! 아무리 절 사랑하신다고 해도 사질과의 관계를 의심하시는 건 너무해요!"

"뭐?"

"이렇게 조강지처인 금주의 불륜을 의심하고 질투에 눈이 먼 운검 가가는 어울리지 않는단 말예요! 물론 그만큼 금주를 사랑하고 아끼신다는 뜻으로 받아들이겠지만 말예요!"

"……."

운검은 굳이 말로 변명을 늘어놓거나 설명하려 하지 않았다. 그럴 이유가 전혀 없었다.

슥!

순간적으로 신행백변의 변화를 이용해 소금주의 뒤로 돌아 들어간 그가 다시 그녀의 뒷덜미를 손으로 잡았다.

"아악!"

소금주의 입에서 다시 비명이 터져 나왔다. 이번 비명은 수위가 조금 더 높다.

휘익!

뒷덜미에 이어 허리춤까지 장악한 운검이 공중으로 그녀를 냅다 집어 던져 버렸기 때문이다. 자신의 질문을 평소처럼 엉뚱한 태도와 대답으로 눙치려는 소금주에 대한 응징이었다.

"아악! 아악! 아악!"

운검에 의해 연속적으로 내던져졌다 떨어지길 반복하는 소금주의 입에서 연신 비명이 터져 나왔다. 갈수록 비명성이 높아지다가 점차 잦아들었다. 완전히 파김치가 되어서 비명조차 지를 힘이 없어진 것이다.

그제야 그녀를 바닥에 얌전히 내려놓은 운검이 경고하듯 말했다.

"다시 수작질을 부리면 그땐 연못 속에 던져 버릴 거야?"

"아, 안 돼요, 그건! 이 옷, 금주가 꽤나 아끼는 거란 말예요! 함부로 물에 들어갔다간 완전히 버려 버린다구요!"

"그럼 어서 말해! 내가 알아보라고 한 사항 말야!"

"그전에……."

"협상은 없다! 자꾸 이런 식으로 굴면 적룡신갑이란 걸 내가 먹어버릴 수도 있고 말야!"

"쳇!"

소금주가 입술을 쑥 하고 내밀었다. 운검에게 득을 보는 게 무척이나 힘든 일이란 걸 어쩔 수 없이 자인한 것이다.

"지금부터 금주가 들려주는 얘기는 굉장한 기밀이에요. 운검 가가를 믿지 못하는 건 아니지만, 다른 사람들한테 절대로 누설하셔선 안 돼요."

"알겠다."

"제자 분들한테도요!"

"그 정도냐?"

"물론이에요! 그냥 강북 하오문이나 북궁세가 정도만 국한된 얘기가 아니라 무림 전체가 얽힌 얘기니까요."

"……"

운검은 문득 진한 음모의 냄새를 맡았다. 과거 구마련과의 대혈전 당시 느꼈던 온몸에 닭살이 돋는 느낌이 곧바로 뒤따랐음은 물론이었다.

잠시의 침묵 끝에 운검이 말했다.

"말해봐."

"그게 있잖아요……."

소금주가 총명한 눈을 반짝이며 말하기 시작했다.

잠시 후.

곽철원이 어설프게 준비한 아침 식사로 배를 채운 운검 일행은 대연무장으로 향했다.

비무초친 비무대회!

그 마지막 우승자를 가리기 위한 시합에 나서기 위함이었다.

* * *

북궁상아는 다른 날과 달리 아침부터 조금 부산했다.

시비 소월을 닦달해서 오랫동안 착용하지 않았던 무구(武具)를 꺼내와 착용하고 월아형의 기형장도를 정성껏 손질했다.

오늘 있을 비무초친 비무대회의 결승전 직후.

그녀는 우승자와 함께 최후의 비무를 펼치게 되어 있었다.

단 한 번의 승부!

진다면 이후 북궁세가의 차기 대권주자로서의 권한을 모조리 잃어버리게 된다. 그동안 가냘픈 몸을 혹사시키며 이룬 모든 것을 포기할 수밖에 없는 것이다.

'내 원월만도는 결코 약하지 않다! 이번 비무초친 비무대회에 참가한 어떠한 자와 겨뤄도 밀리지 않을 자신이 있어! 그자만 빼고는.'

얄궂달까?

전의로 가슴을 뜨겁게 달구고 있던 북궁상아의 시선이 가벼운 흔들림을 보였다. 전날 원월만도의 최고 초식인 만벽을 맨손으로 파훼해 버린 운검의 얼굴을 떠올린 것과 동시의 일이다.

흔들.

그녀는 한차례 고갯짓으로 자신의 흔들리는 마음을 다스렸다.

곧 승부다!

이런 약한 마음가짐은 전혀 도움이 되지 않았다. 그렇게 배우고 살아왔다.

슥!

애병인 기형장도의 손질을 끝낸 북궁상아가 천천히 자리

에서 일어섰다.

이제 슬슬 대연무장으로 가봐야 할 시간이었다.

계속 지체하고만 있을 순 없었다.

'응?'

북궁상아는 처소인 화월소축을 벗어나 대연무장으로 향하는 길의 중간에 잠시 걸음을 멈춰 세웠다.

일부러가 아니다.

그녀는 자신의 앞길을 완전히 가로막고 서 있는 북궁정에 의해 어쩔 수 없이 이동을 중단했다. 그가 내뿜는 기파와 살기에 숨이 막혀온 까닭이다.

"여어!"

손을 들어 반가운 기색을 보이는 북궁정을 향해 북궁상아가 한기 어린 시선을 던졌다.

"무슨 짓이죠?"

"무슨 짓?"

"어째서 대연무장으로 향하는 길을 막고 있냐는 거예요!"

북궁상아의 목소리가 뾰족해졌다. 시간이 촉박했기 때문이다. 하지만 그런 것에 신경 쓸 북궁정이 아니다.

으쓱!

어깨를 한차례 추어 보인 그가 말했다.

"너, 그냥 화월소축으로 돌아가라."

"어째서죠?"

"오늘 네 차례는 없을 거란 뜻이다."

"그게 무슨 뜻이죠?"

"별거 아니다. 그냥 오라비로서의 의무를 잠시 수행한 거랄까?"

"예?"

북궁상아의 얼굴에 살짝 황당한 기색이 떠올랐다. 언제부터 사이좋은 오누이 사이였다고 이런 말을 하는가.

북궁정이 그녀의 그 같은 심사를 읽지 못할 리 없다.

긁적!

머리를 한차례 긁어 보인 그가 갑자기 휘휘 손을 내저어 버린다.

"에이, 됐다! 관두자! 관둬! 너는 역시 네 마음대로 하거라. 나는 상관없으니까. 역시 이런 설명 같은 건 성미에 맞지 않아."

그 말을 끝으로 북궁정이 뒤돌아섰다. 천천히 손을 흔들어 주는 것도 잊진 않는다.

"……."

북궁상아는 침묵할 수밖에 없다. 역시 북궁정은 좋아할 수 없고 이해도 안 가는 사람이란 생각만이 머릿속을 감돌 뿐이다. 그때 대연무장 쪽에서 우렁찬 함성이 터져 나왔다.

고대마교(古代魔敎)

第三十六章
부자유친(父子有親)
부자간은 친해야만 한다. 만약 그렇지 않으면…….

華山
劍宗

대연무장.

다른 때보다 훨씬 사람이 많이 모여 있었다. 아무래도 결승전과 혼인 선포 의식이 함께 치러지는 날이다 보니, 여태까지와 달리 서안 일대의 명사들이 잔뜩 모여든 까닭이다.

당연히 주변의 경계경비는 다른 때보다 훨씬 삼엄해져 있었다.

북궁세가의 대외적인 무력 활동 외엔 거의 움직이는 일이 없던 사단의 무사들이 중간중간 모습을 보였고, 삼당 소속의 고수들 역시 종종 주변을 배회했다.

기묘(奇妙).

객청에 몰래 숨어 있다가 대연무장에 들어선 구정회의 전대 기인들은 이 같은 모양새를 보고 몰래 눈을 빛냈다. 주변의 다른 명사들과 달리 그들에겐 대연무장을 중심으로 포진되어 있는 무사나 고수들의 형세가 꽤나 큰 관심 대상이었다.

남들이 보지 못하는 것.

그 이면을 볼 수 있는 게 바로 초절정 급의 고수들에겐 가능했기 때문이다.

'기이한 일이로고. 어찌 같은 북궁세가 내 고수들 간에 창검을 겨루고 있을꼬?'

'허어, 이건 두 세력이 치열한 대치를 벌이고 있는 국면이구나!'

'하나는 안쪽을 단단히 지키기 위한 포진을 했고, 다른 하나는 전형적인 포위 섬멸을 위한 움직임을 보이고 있어. 이것이 뜻하는 건······.'

'역시 북궁세가의 세력은 이미 둘로 나뉘었구나! 놀랍게도 천하 정도를 떠받치고 있던 네 개의 기둥 중 하나에 어느새 이리 큰 균열이 가고 말았어!'

구정회의 기인이사들은 각자 주변의 정황을 살피며 안색을 어둡게 물들였다.

당금 무림!

누가 뭐라 해도 사패의 천하라 할 수 있다. 오 년여 전 구마련과의 대혈전으로 인해 구대문파는 지리멸렬한 이후 계속 그리되어 왔다.

그런데 지금 그 네 개의 기둥 중 하나가 내우외환(內憂外患)에 빠져 있었다. 그리 여겨졌다. 구정회의 기인이사들로선 어째서 자존심이 하늘을 찌르던 서방도제 북궁한경이 구원의 손짓을 해왔는지 알 수 있을 듯했다.

물론 그들과 전혀 다른 쪽에 관심을 두고 있는 사람도 있다.

바로 사부 보타신니에 맞춰서 비구니 차림을 한 진영언이었다.

그녀는 보타신니나 다른 구정회의 기인이사들과 달리 비무대 주변에 계속 시선을 던지고 있었다. 이제나저제나 운검 일행이 도착하기를 기다리고 있는 것이다.

보타신니가 다른 기인이사들과 심각하게 전음을 나누던 중 그 같은 진영언의 모습을 발견했다. 묘한 표정이 되지 않을 수 없다.

'정말로 북궁 소협이 아니라 다른 자에게 마음을 빼앗기고 있었구나! 도대체 어떤 아이이기에 웬만한 사내 못지않게 괄괄한 성격을 지닌 영언이를 이리 애가 닳게 만들었누? 그놈! 얼굴이나 한번 보고 싶구나!'

진영언은 보타신니의 그 같은 생각을 까맣게 몰랐다. 그저 계속 비무대 주변을 살피고 있을 뿐이었다.

'이 자식! 분명히 이번 비무대회 팔강 안에 들었다고 들었는데, 어째서 아직까지 모습을 드러내지 않는 거야! 설마 늦잠을 퍼자고 있는 건 아닐 테지? 으음, 그런데 그 자식을 다시 만나게 되면 뭐라고 해야 한담…….'

진영언은 상념을 계속 확장시키던 중 이맛살을 살짝 찌푸려 보였다.

분명 그녀는 제 발로 운검 일행을 떠났다.

그런데 다시 얼렁뚱땅 돌아와 버렸다. 이유가 아주 없진 않았으나 약하단 생각이 들었다. 적어도 낯색 하나 바꾸지 않고서 운검 앞에서 내밀 이유로는 그렇다는 판단이었다.

당연히 고민이 되지 않을 수 없다.

그러나 그녀가 달리 강남제일의 여걸이라 불리는 게 아니다.

얼른 고개를 가로저어 복잡하게 꼬여들기 시작한 상념의 덩어리를 날려 버린 그녀가 평상시와 다름없는 표정으로 돌아갔다. 일단 일이 진행되는 상황을 봐서 적당히 처리하기로 마음먹은 것이다. 그게 편했다.

구정회 기인이사들과 얼마 떨어지지 않은 장소.

비슷한 시기에 비슷하게 북궁세가 내부의 혼란을 깨달은 일행이 있다.

바로 이번 비무초친 비무대회의 최후의 팔 인에 끼인 당무결 일행이다. 구정회의 기인이사들과 거의 동급의 고수인 당무결이기에 대연무장 주변에서 벌어지고 있는 혼란과 대립을 대번에 눈치 챌 수 있었던 것이다.

'흥미롭군. 사패 중 하나인 북궁세가가 이 정도의 내부 혼란을 겪게 되다니! 그렇다는 건 역시 서방도신 북궁한경의 신변에 중대한 문제가 발생했다는 뜻이겠지?'

이번 비무초친 비무대회 기간 중 북궁한경은 단 한 번도 대연무장에 모습을 보이지 않았다.

대회의 개막 후 모든 제반 업무는 이인자인 총관 유성월이 행했다. 그 외엔 가끔 삼당 중 장생당에 속한 원로 고수들이 얼굴을 내미는 정도가 전부였다.

예의에 벗어난 행동!

누가 보든 그리 생각할 터였다. 주인 된 자가 커다란 행사를 개최해 놓고 초대한 손님들에게 모습조차 보이지 않은 격이기 때문이다.

게다가 오늘은 비무초친 비무대회의 마지막 날이었다.

우승자가 나오는 날이었다.

당연히 지금 대연무장에는 다른 때와 달리 수많은 내외 귀빈들이 모여 있었다. 다른 날과는 아예 상황 자체가 달랐다. 만약 북궁한경에게 특별한 일이 없다면 반드시 얼굴을 보여야만 하는 상황이었다.

'그런데 여전히 서방도신 북궁한경은 모습을 드러내지 않고 있다. 설마 진짜로 사패 중 하나가 무너진 것인가?'

당무결의 곁.

한 명의 무심한 표정의 여인이 서 있다. 어젯밤 또다시 역골환체비술을 펼쳐서 얼굴과 체형을 바꾼 후 당무결 일행 중에 끼어든 위소소다.

그녀는 특유의 차갑게 가라앉은 시선으로 비무대 위와 주변을 살핀 후 당무결에게 말했다.

"이 같은 상황을 예견하고 있었던 건가요?"

"이 같은 상황?"

"모른 척 시치미를 떼는 건 혈군자 사부답지 않은 일이에요."

"하하, 그런!"

나직한 웃음과 함께 당무결이 목소리 끝을 살짝 낮췄다. 주변의 이목을 의식한 행동이다.

"대공녀, 어찌 노부가 사패의 하나가 무너질 것을 알았겠소이까? 그저 어쩌면 하고 기대를 하고 있었을 뿐이외다."

"그런가요? 하지만 그렇게만 보기에는 제게 요구하신 부분과 오늘의 현 상황 간에 부합하는 점이 좀 많은 것 같군요."

"그거야말로 우연의 일치란 것이겠지요."

"우연의 일치라……."

위소소가 나직한 뇌까림 끝에 입을 다물었다. 대연무장의 끝에서 기다리고 있던 사람들이 모습을 드러냈기 때문이다.

'왔다!'

진영언은 운검 일행이 대연무장으로 다가드는 걸 발견하곤 눈에 이채를 발했다.

북궁세가를 떠나며 다시는 보지 못하리라 여겼던 얼굴이다.

정말로 그러려고 했다.

여인의 마지막 자존심을 지키기 위함이었다.

그런데 다시 운검의 얼굴을 보게 되자 가슴이 크게 뛰어온다. 어떻게든 이유를 붙여서 북궁세가로 돌아오길 잘한 것 같다. 정말 그렇다.

"바보 같은 년!"

진영언이 나직한 중얼거림과 함께 자신의 이마를 주먹으로 때렸다.

저릿한 아픔.

권법의 고수다운 매운 주먹맛에 진영언은 일시 눈물을 쏙 뺄 정도의 고통을 느꼈다. 그러고서야 운검에게서 시선을 떼어낼 수 있었다. 그녀다운 방법이다.

운검은 소금주와 곽철원을 대동한 채 대연무장에 도착했다.

처음.

북궁세가의 사대관문을 통과하고 봉무각을 배정받았을 때

완 비교조차 되지 않을 정도로 단촐해진 일행이다.

그래서인가?

대연무장에 도착한 그에겐 전날과 같은 열광적인 질투와 분노의 시선 따윈 쏟아지지 않았다. 그다지 큰 관심조차 받지 못하고 있었다. 지난 이틀간 북궁휘를 필두로 진영언과 유연서 등이 싸그리 자취를 감춰 버린 까닭이다.

'휘유! 역시 결승전이 벌어지는 날이기 때문인가? 사람이 생각했던 것보다 많구만.'

운검은 대연무장의 초입에서 주변을 찬찬히 둘러보곤 눈매를 살짝 가늘게 만들어 보였다.

일순 칼날과 같이 예기가 선 감각!

마음의 움직임을 쫓아 천지사방으로 확장된 기감이 무수히 많은 정보를 전해온다. 과거 천사심공이 전해줬던 것과는 비교조차 되지 않는 분량과 질이나 그럭저럭 요긴하게 쓰일 만한 것들이 제법 있다.

까닥!

고개를 옆으로 한차례 뉘어 보인 운검이 잠시 생각에 잠겨 있는 사이 소금주가 그의 곁으로 바짝 다가들었다. 그리고 귓속으로 전음이나 다름없는 작은 목소리가 종알거리며 흘러들었다.

"운검 가가, 지금이라도 금주랑 함께 북궁세가에서 빠져나가는 게 어때요?"

"그러면 적룡신갑은?"

"그런 건 필요없어요."

"필요없어?"

"예."

단호한 대답과 함께 소금주가 낯을 가볍게 붉혔다. 목소리가 조금 더 작아진다.

"어차피 우리 강북 하오문에서 진짜로 원하는 건 적룡신갑 같은 게 아닐 거예요. 그러니까 운검 가가는 굳이 북궁세가에 남아서 위험을 감수할 필요는 없어요."

"그렇지만 그리되면 내가 곤란해."

"예?"

"약속했던 보수를 받지 못하게 되잖아?"

"그런 거라면 괜찮아요. 금주가 그쯤은 마련할 수 있으니까요. 그러니까……."

"아니."

손가락 하나를 뻗어 소금주의 입술에 갖다 댄 운검이 씨익 웃으며 고개를 가로저었다.

"나는 거지가 아니야. 정당한 대가를 원할 뿐 네게 돈을 구걸할 생각은 없어."

"그, 그치만……."

"게다가 아직 우리 궁 소저가 돌아오지 않았어. 소 낭자의 말대로 북궁세가가 복마전이 됐다면, 더더욱 나는 이곳을 떠날 수 없어. 제자를 놔두고 자신의 안위를 구하는 사부란 건 세상에 존재하지 않으니까 말야."

"……."

소금주가 뭐라 다시 말을 하려다 입을 굳게 다물었다.

바로 코앞에 있는 운검의 얼굴.

평상시와 다름없이 짓궂은 미소를 입가에 매달고 있으나 눈빛이 더할 나위 없이 진지하다. 깊은 바다처럼 고요하게 가라앉아 있고 그 속에는 강렬한 기운이 넘실거리고 있었다.

'아! 이게 운검 가가의 진짜 얼굴! 금주가 반해 버린 얼굴이구나!'

소금주는 내심 중얼거리며 넋을 잃었다.

그때다.

대연무장의 중심에 마련된 비무대 위에 여느 때와 마찬가지로 총관 유성월이 등장했고, 사방에서 북소리가 요란스레 울려 퍼지기 시작했다.

삼 일째를 맞은 비무초친 비무대회!

최후의 팔 인.

즉, 팔강 간의 대결전의 막이 슬슬 오를 준비를 하기 시작한 것이었다.

*   *   *

둥둥둥둥둥!

그리 멀지 않은 곳에서 울려 퍼지기 시작한 북소리. 비무초 친 비무대회의 시작을 알리는 소리다.

칠흑 같은 어둠 속.

언제나 마찬가지로 홀로 가주전 뒤켠에 마련되어 있는 침실에 누워 있던 북궁한경의 두 눈이 뜨여졌다. 언제나 눈가를 맴돌던 강렬한 신광은 없었다. 대신 눈가에 가벼운 주름이 잡혀들었을 뿐이다.

'가주전의 주변엔 현재 삼당 소속의 고수들 중 삼분지 이 이상이 모여 있다. 설혹 유 총관이 사단 전체를 수중에 넣었다 해도 쉽사리 이곳까지 자신의 세력을 침투시킬 순 없었을 터. 살수(殺手)를 고용한 것인가?'

살수!

청부를 받고 사람을 죽이는 자객의 다른 이름이다. 하지만 당금 무림 중에 감히 북궁세가의 가주전에 침투할 수 있을 정도의 역량과 간담을 지닌 살수는 존재하지 않았다. 세력 또한 마찬가지다.

구월단(九月團), 적사방(赤蛇幇), 사야루(死夜樓).

당금 무림 중에 은밀히 암약하고 있는 삼대살수단체다.

문득 그들의 이름을 떠올린 북궁한경이 내심 고개를 가로 저었다. 잠시 뇌리 속 한 켠을 스쳐 지나간 생각을 곧바로 거둬들인 것이다.

하긴 당연하다.

아무리 근래 북궁세가 내부 세력 간에 커다란 균열이 일었다곤 하나 한낱 살수 단체 따위가 범접할 순 없었다. 특히 가주인 자신의 암살을 위해 투입될 수 있을 리 만무하다.

그렇다면 다른 존재를 의심해야만 한다.

누구인가?

북궁한경은 염두를 굴리는 동안 조용히 소천신공을 운기했다. 잠시 만성지독이 몸 전체로 퍼지는 길목을 단단히 틀어막고 있던 공력의 일부를 다른 쪽으로 돌렸다. 만에 하나라도 있을지 모를 위험으로부터 자신을 보호하기 위함이었다.

방 안.

그곳을 가득 메우며 무겁게 내려앉은 어둠.

그보다 더한 침묵이 한동안 이어졌다.

그 속에서 북궁한경은 극도로 은밀하게 자신을 향해 다가드는 정체불명의 적을 기다렸다. 번갯불처럼 무서운 반격을 펼칠 만반의 준비를 갖춘 채였다.

그런데 갑자기 어둠 속을 묵묵히 노려보고 있던 북궁한경의 시선이 가볍게 흔들렸다.

화악!

방 안을 어둠의 빛깔로 물들이고 있던 창문의 두툼한 차양이 걷혀 버린 것이다. 동시에 노도와 같은 햇빛이 침상 위에 누워 있던 북궁한경을 노리며 파고들어 왔다.

스슥!

북궁한경은 침상의 한 켠을 손바닥으로 찍었다. 그 반동을 이용해 햇빛이 닿지 않는 방 안의 구석으로 신형을 날렸음은 물론이었다.

그의 두 눈.

분노의 광망으로 번들거리고 있다.

"하!"

나직한 탄성이 터져 나온 건 바로 그때였다. 북궁한경의 분노 어린 시선이 그쪽을 향한 건 당연지사.

부친의 분노 어린 시선을 태연히 받아낸 북궁정이 창문으로 쏟아져 들어오는 햇빛을 등진 채 고개를 가볍게 흔들었다. 어느새 언제나 자신만만하던 얼굴의 한 켠엔 어둠의 조각이 하나 매달려 있다.

"북궁세가는 명색이 정파에 속한 문파. 어찌 마공에 손을 대신 겁니까, 아버님!"

"정아, 이 녀석······."

"어찌 알았냐고요?"

"······."

눈빛으로 대답을 대신하는 북궁한경에게 북궁정이 어깨를 한차례 으쓱해 보였다. 얼굴에 머물러 있던 어둠의 조각은 이미 흔적조차 찾아볼 길이 없다.

"아버님의 명을 받고 대막에서 돌아오자마자 소자를 찾은

부자유친(父子有親) 179

자가 있었습니다."

"유 총관?"

"그렇습니다. 그가 아버님과 관계된 의혹을 소자에게 전했습니다. 하지만 소자는 이곳에 와서 아버님의 상태를 확인하는 순간까지도 그의 말을 믿지 않고 있었습니다. 어찌 천하에서 가장 자존심이 강한 북궁세가의 주인이 한낱 천박한 마공에 손을 댔으리라 상상인들 할 수 있었겠습니까?"

"정아, 거기엔 사정이 있다. 그러니 내 말을……."

"있겠지요!"

목청을 높여 북궁한경의 말을 중간에서 끊은 북궁정이 두 눈에 차가운 기운을 담았다.

"하지만 어떤 사정을 들이대더라도 아버님께서 마공에 손을 댄 현실을 바꿀 순 없습니다. 그렇지 않습니까?"

"그건……."

"그래서 소자는 아버님께 제안을 하고자 합니다."

"제안?"

"예, 본래 아버님께서 범한 일은 결코 용납될 수 없는 중죄라고 할 수 있습니다. 하지만 본래 부자유친(父子有親)이라지요? 그러니 아버님은 지금 이 순간부터 가주 직위를 소자에게 물려주시고 금분세수를 하도록 하십시오."

"나더러 은퇴를 하고 퇴물이 되라는 뜻이더냐?"

"그렇습니다. 어차피 마공을 연마하셨으니, 앞으로 본신의 무공을 외부에 사용하셔선 안 되지 않겠습니까? 아버님과 본가를 위해서 말입니다."

"그게 네가 내놓은 제안이란 것이더냐?"

"예."

북궁정의 대답이 떨어진 것과 동시였다. 갑자기 대연무장 쪽에서 거센 환성이 터져 나왔다. 아마도 북소리와 함께 시작된 팔강전에서 명승부라도 나온 모양이다. 그에 따라 북궁정의 시선이 잠시 창밖으로 향했다.

찰나간.

그보다도 짧은 순간이었다, 부친인 북궁한경에게서 시선을 떼어낸 것은.

스슥!

북궁한경은 그 짧은 틈을 놓치지 않았다. 그는 언제 어둠 속에 자신의 몸을 묻고 있었냐는 듯 바람처럼 북궁정을 덮쳐 갔다.

대붕전시(大鵬展翅)!

순식간에 방 안을 가로지른 북궁한경이 만든 그림자는 마치 거대한 대붕의 날갯짓과 같았다.

속도 역시 그러했다.

그는 대붕의 날갯짓을 보인 것과 동시에 북궁정의 목전까지 이르렀다.

앞으로 내뻗어진 쌍수!

부자유친(父子有親) 181

만근의 바위라도 단숨에 뭉개 버릴 정도의 공력이 담겨져 있었다. 북궁정을 단숨에 제압하기 위한 결정이었다.

그러나 그의 쌍수가 막 북궁정의 목덜미를 거머쥐려 할 때였다.

스슥!

마치 기다리고라도 있었다는 듯 북궁정의 신형이 반 바퀴 회전을 일으켰다. 환상처럼 북궁한경이 펼친 쌍수의 궤적을 피해낸 것이다.

그와 동시다.

번쩍!

살짝 허리를 숙인 북궁정의 허벅지에서 곡도가 현란한 도광을 뿜어냈다.

유성이 무색할 정도의 속도!

퍼억!

북궁정의 목덜미를 거머쥐려던 북궁한경의 오른손이 팔째로 잘려 나갔다.

창천혈도란 명호에 어울리는 잔혹한 손속.

그것만으로 끝이 아니었다.

북궁정은 곧바로 햇빛에 얼굴을 고통스럽게 일그러뜨린 부친 북궁한경의 품속으로 파고들었다.

푸욱!

곡도가 심장 어림을 파고들었다.

"컥!"

나직한 신음과 함께 부릅뜨인 북궁한경의 두 눈.

설마하니 아들인 북궁정에게 암격을 당하리라곤 꿈에도 상상치 못했던 북궁한경의 얼굴이 부르르 경련을 일으켰다. 거기엔 자신의 금강불괴지신이 깨진 것에 대한 경악 역시 포함되어 있었다.

꾸욱!

북궁정이 마치 안듯이 부친 북궁한경에게 다가들었다. 심장을 파고든 곡도 역시 비틀었다.

그에 따라 대량의 출혈을 보이기 시작한 북궁한경.

그의 하얗게 질린 귓가에 입술을 갖다 댄 북궁정이 나직하게 중얼거렸다.

"아버님, 이건 불쌍한 내 어머님을 괴롭힌 복수입니다. 순진한 처녀를 강제로 범해서 아내로 맞아들였으면 잘 대해주기라도 했어야지요. 바람을 펴서 애를 만든 것도 모자라 첩까지 들여서 어머님을 절간으로 쫓아내다니요. 내 아버님이라해도 절대로 용서할 수 없습니다."

"서, 설마 유 총관과 손을 잡고서 날 만성지독에 중독시킨게 네 녀석이었더냐?"

"더 있습니다. 적룡신갑. 아니, 마신흉갑에 새겨진 마공을 아버님께서 발견할 수 있도록 손을 쓰기도 했습니다. 그래야만 아버님의 금강불괴지신에 흠결이 갈 테니까요. 본 가의 소천신공은 참 대단한 신공이잖습니까?"

"이… 이……."

북궁한경이 나직이 이를 갈다가 핏빛으로 물든 두 눈에 문득 물기를 담았다.

'이 모든 게 나의 업보일지니!'

그의 뇌리로 첫 번째 아내인 연화정을 처음 봤을 때가 떠올랐다.

젊은 날의 실수.

너무나 어여쁜 연화정의 모습에 반한 그는 정파의 자제로선 결코 있을 수 없는 짓을 저질렀다. 남의 약혼녀를 강제로 겁탈해서 빼앗은 것이다.

그 업보.

그것이 지금 돌아왔다. 그것도 자신의 아들의 손을 통해서.

바르르!

북궁한경은 자신의 심장에 깃들어 있던 마공이 소멸하면서 전신의 기경팔맥을 따라 돌기 시작한 만성지독의 독기에 그대로 순응했다. 단전에 남아 있던 소천신공의 막강한 힘도 역시 흩어버렸다. 스스로 목숨을 포기해 버린 것이다.

'선조들이여! 북궁세가여! 못난 북궁한경을 용서해 주시길!'

마지막 순간.

북궁한경의 뇌리를 스쳐 간 울부짖음이었다.

푸확!

북궁한경의 심장에 박혀 있던 곡도를 비틀어 대량의 피를 쏟아지게 만든 북궁정이 뒤로 한 걸음 물러섰다.

익숙한 피 내음.

만성지독에 찌들어 지독히도 역겹다. 이미 거진 절반 이상 썩어 들어간 상태였다. 그대로 놔뒀어도 부친 북궁한경은 일 년 내에 죽음을 피할 수 없었을 것이란 뜻이다.

"그렇다 해도 내가 부친을 죽인 패륜아란 건 피할 수 없는 현실일 테지. 부자유친? 부자유친! 크크큭!"

비틀린 웃음.

북궁한경의 계속되는 바람기와 시앗인 장미부인 성옥월의 투기로 인해 고통의 나날을 보내야만 했던 모친 연화정을 통해 전해 받은 복수심의 발현이었다.

죽음 직전에 만난 인연으로 인해 접한 마도로 인해 키워진 증오의 씨앗이 뿌리를 내리다 못해 커다란 나무로 성장하고만 배경이기도 하다.

그러나 북궁정은 결코 바보가 아니다.

감정에 휘말려 대사를 그르칠 인물이 아니란 뜻이다.

언제 미친 듯한 광기를 드러냈냐는 듯 그의 두 눈은 곧 냉철하게 가라앉았다.

'대사형의 명대로 오늘이 가기 전에 구정회의 정예와 더불어 섬서무림의 명숙들과 후기지수들을 모조리 도륙한다! 본가의 모든 것을 장악함과 동시에!'

문득 뇌리로 스쳐 가는 얼굴 하나.

사부에게 마황십도 중 하나인 마광일섬을 전수받은 후 처음으로 도를 뽑고도 승부를 보지 못한 운검이다.

씨익!

늑대와 같이 이를 드러낸 북궁정이 천천히 신형을 돌려세웠다. 슬슬 북궁한경의 죽음을 유성월에게 전한 후 북궁세가의 장악에 들어가야 할 때였다.

'운검이라 했던가? 운이 좋게도 희생양으로 삼기엔 더할 나위 없이 괜찮은 녀석이 제 발로 굴러들어 왔어……'

탁!

활짝 열렸던 창문이 닫혔다. 그때 이미 북궁정의 신형이 방 안에서 자취를 감추었음은 물론이다.

반 시진 후.

여느 때와 마찬가지로 가주전으로 통하는 비밀 통로를 통해 밀실에 들어선 북궁휘의 입에서 가벼운 신음이 흘러나왔다.

코를 문드러 버릴 정도로 역한 내음.

족히 십수 일은 썩은 송장에서나 날 법한 악취다.

"어째서……."

재빨리 소매를 들어 코끝을 막은 북궁휘가 눈살을 찌푸리다가 흠칫 놀란 표정이 되었다.

문득 뇌리를 스쳐 가는 생각 하나.

부친 북궁한경의 안위다.

스슥!

곧바로 유성삼전도를 펼쳐 악취의 근원으로 다가든 북궁휘의 두 눈이 부릅뜨였다.

시커먼 핏구덩이.

그 속에 몸을 누이고 있는 자.

바로 부친인 북궁한경이다. 섬서제일의 고수이자 살아 있는 도신이라 불리던 서패 북궁세가의 절대자가 심장에 구멍이 뚫린 채 죽어 있는 것이다.

"아버님!"

북궁휘가 짤막한 외침과 함께 북궁한경의 머리맡으로 다가들었다.

어느새 두 눈엔 습막이 찼다.

비통한 마음에 당장이라도 눈물을 쏟아낼 것 같다.

슥슥!

북궁휘는 소매로 얼른 눈가를 훔쳤다. 울고만 있을 순 없었다. 어찌 된 일인지 사태 파악이 우선이었다.

그런데 바로 그때다.

덜컹!

어둠 속에 파묻혀 있던 방 안의 문이 활짝 열리고 환한 불길이 쏟아져 들어왔다. 가주전 외곽을 철통같이 지키고 있던 삼당의 고수들이 내부에서 인 소란을 확인하기 위해 달려온 것이다.

손에 손에 횃불을 든 십여 명의 무인들!

그 사이로 삼당의 으뜸인 장생당의 당주이자 북궁세가 이 대에 걸친 원로인 비각신권(飛脚神拳) 조홍주가 모습을 드러냈다. 가주인 북궁한경에게 직접 가주전의 호위를 부탁받은 노권사다.

"이, 이런… 삼공자?"

"조 당주님! 아버님은 살해를 당하셨습니다."

"그렇구려. 아무리 천하무적의 무공을 지닌 가주님이라 하나 수년 전부터 만성지독에 중독되신 데다 믿고 있던 아들에게 불시에 암습을 당하셨다면, 당해내실 도리가 없었을 테지요."

"예? 그게 무슨 뜻입니까?"

"무슨 뜻인지는 삼공자가 잘 알고 있을 터."

"……."

싸늘한 대답과 함께 조홍주가 손짓을 해서 휘하의 무사들로 하여금 북궁휘를 포위하게 만들었다. 눈앞의 정황만 보고 북궁휘를 가주 암살범으로 확신한 듯하다.

'가주전으로 통하는 비밀 통로는 아버님과 나밖엔 모른다. 유 총관의 세력에 대해 의심한 아버님께서 오직 내게만 가르쳐 주셨어. 당연히 구정회와 아버님 간의 밀약 또한 아는 자는 나밖엔 없을 것이다.'

생각은 길었으나 결단은 빨랐다.

스슥!

북궁휘는 조홍주에게 현 상황에 대해 설명하는 대신 유성삼전도를 전력으로 펼쳐 냈다.

그리 좁지 않은 방 안.

순간적으로 북궁휘의 현란한 신형이 주변을 꽉 채웠다. 일시 그리 보였다.

그와 더불어 조홍주가 움직임을 보였다.

파앙!

조홍주가 팔순이 다 된 나이에 어울리지 않게 다부진 권각을 거의 동시에 날렸다.

목표는 분영을 일으킨 북궁휘다.

공기가 압축되었다가 폭발을 일으키는 굉음!

조홍주가 일으킨 권압에 의해 일 장가량의 공간이 뒤집어졌다.

천붕지멸(天崩地滅)!

조홍주의 특기인 천붕권(天崩拳)의 최절초가 펼쳐졌다. 제아무리 유성삼전도를 전력으로 펼친 상황이라 하나 북궁휘로

부자유친(父子有親) *189*

선 신형을 멈춰 세울 수밖에 없다. 일시 눈앞이 어질거리는 게 오장육부가 몽땅 뒤집어지는 듯한 충격을 느낀 까닭이다.

'이대로는 권압에 의해 내장이 몽땅 터져 버리고 만다!'

북궁휘가 신형을 멈춰 세웠다.

쉬악!

그것만으로 끝일 리 없다. 그는 또다시 유성삼전도를 펼치며 단장검을 빼 들었다.

검봉 끝에 매달린 밝은 기운!

천붕지멸에 이어 또다시 천붕권의 절초를 펼치려던 조홍주가 노안을 살짝 찡그렸다.

"검사?"

"알았다면 비키십시오! 이대로 치고 나가겠습니다!"

"어림없는 일!"

조홍주는 차가운 대갈과 함께 북궁휘를 향해 또다시 천붕지멸을 펼쳐 냈다. 검강의 초입이라 할 수 있는 검사를 상대하기 위해선 권강(拳罡)의 위력에 버금가는 천붕지멸 외엔 답이 없다는 판단을 내린 것이다.

지잉!

북궁휘의 단장검이 울음을 토해냈다. 검봉에 매달린 검사가 자신의 앞을 가로막아 선 천붕지멸에 비명을 터뜨렸다. 검속 역시 약간이나마 떨어지지 않을 수 없다.

그 찰나의 순간.

조홍주는 발끝으로 지축을 찍어내며 천붕권과 함께 쌍절을 이루는 칠비각(七飛脚)을 펼쳐 냈다. 북궁휘의 단장검에 서린 검사가 천붕지멸에 가로막힌 사이 칠비각을 이용해 머리를 공격해 들어왔다.

파파파파팍!

칠비각의 특성은 족각의 움직임을 쉬이 분별키 어렵다는 점이다.

특히 이곳은 어둠에 물든 방 안이었다. 북궁휘의 나이가 일천해서 격전의 경험이 적다는 점까지 감안하면 조홍주의 공격은 최상이라 할 만했다.

'이걸로 끝이다! 막아낼 수 없다!'

조홍주는 내심 외쳤다.

다만 그가 간과한 사항이 하나 있었다. 북궁휘가 운검의 제자가 된 후 시시때때로 비무를 경험한 점이었다. 그의 생각 밖으로 북궁휘의 격전 경험은 많았다.

스슥!

조홍주가 칠비각을 펼친 것과 동시다.

발끝을 반 족장 움직이는 것으로 검사를 강박하고 있던 천붕지멸의 기운을 흘려버린 북궁휘가 다시 유성삼전도를 펼쳤다. 그와 함께 품속에 들어갔다 나온 손끝이 세 개나 되는 은빛을 만들어냈다.

쇄쇄쇄!

부자유친(父子有親) 191

공중에 떠올라 있던 조홍주의 노안이 흔들렸다.

'쇄금비!'

쇄금비가 노린 건 정확하게 조홍주의 칠비각이 만들어낸 각영이었다.

그중에서도 칠허(七虛)를 놔두고 삼실(三實)을 노렸다.

보고도 못 믿겠다.

기가 막힐 정도다.

조홍주는 정말로 그리 생각했다. 어떻게 북궁휘가 순간적으로 이런 대응을 펼칠 수 있었는지 짐작조차 할 수 없었다.

그러나 그는 백전노장이다.

공중에서 교묘하게 신형을 회전시킨 조홍주가 칠비각을 거두고 바닥에 떨어져 내렸다. 방금 전 자신이 천붕지멸로 뒤흔든 장소였다.

물론 그사이 북궁휘는 이미 방 안을 벗어난 후였다. 놀랍게도 자신을 포위했던 삼당의 무사들을 뚫고, 장생당의 당주이자 북궁세가의 원로인 조홍주의 공격 역시 무력화시켰다. 그리고 방 안을 빠져나간 것이다.

"허어, 가주님이 불의의 일격을 당한 것도 무리는 아니겠구나! 내 유 총관의 말을 믿지 않았건만!"

"……."

조홍주의 장탄성에 무사들은 일제히 고개를 숙인 채 대꾸하지 않았다.

가주 북궁한경의 죽음.

무사들로선 청천벽력이나 다름없는 일이다. 쉽사리 받아들일 수 없는 것도 무리는 아니다. 조홍주의 이 같은 장탄성에 침묵을 지킬 수밖에 없는 이유였다.

그래서였을까?

장탄성을 멈춘 조홍주의 노안에 깃든 한 가닥 기묘한 기색을 이곳에 모인 무사들 중 누구도 발견치 못했다. 또한 그가 슬그머니 북궁한경의 시체에 다가가 심장의 상처와 어깨의 절단면에 은근히 공력을 발출하는 것 역시 마찬가지였다.

'쩝! 대공자도 뒤처리가 미숙하군. 이렇게 대놓고 도상(刀傷)을 만들어놓고 그냥 가버리면 어쩌란 건가? 너무 날 믿었어.'

조홍주가 나직한 뇌까림과 함께 내심 혀를 찼다.

대공자 북궁정.

이대에 걸쳐 북궁세가에 잠복해 있던 고정 간자인 그의 입장에선 머리에 솜털도 벗겨지지 않은 애송이에 불과했다. 유성월은 조금 위치가 다르지만 말이다.

잠시 후.

가주전을 빠져나온 조홍주에 의해 장생당을 중심으로 한 삼당 고수들의 집결이 이루어졌다.

가주 살해!

그것도 천인공노(天人共怒)할 패륜이 공포되었다. 분노와 경악 속에 삼당의 병력들이 움직이기 시작했다.
 목표는 단 하나!
 가주 북궁한경을 살해하고 달아난 북궁세가의 삼공자 북궁휘를 생포하는 것이었다.
 일부의 무리가 대공자 북궁정과 대연무장에서 비무초친 비무대회를 주관하고 있던 총관 유성월에게 달려가 비보를 전했음은 물론이었다.
 지극히 당연한 수순.
 혹은 음모가 빠르게 진행되어 가고 있었다.

第三十七章
반천구정(反天求正)
하늘이 뒤집혔으니, 구정회여, 움직여라!

華山劍宗

대함성!

비무대 주변을 뒤흔든다.

그 속에서 뇌풍도문의 대제자 남강은 피 묻은 장도를 하늘을 향해 치켜 올렸다. 우렁찬 함성 또한 뒤따른다.

"우아아아!"

"……."

그의 맞은편.

방금 전까지 보기 드문 용쟁호투(龍爭虎鬪)의 한 장면을 연출했던 유가검보의 차남, 검준 유엽이 주저앉아 있다. 그의 잘생긴 얼굴은 지금 피투성이였다. 남강과의 삼백 초 대혈전 끝에 얻은 상처다.

비무의 결과.

누가 보더라도 알 수 있다. 승자와 패자는 이미 확실히 구별되어 있었다.

비무대 한 켠에 서서 비무가 끝나기를 기다리고 있던 유성월이 남강과 유엽의 사이로 다가들었다. 그리고 간명한 어투로 남강의 승리를 선언한다.

"이번 비무의 승리자는 뇌풍도문의 대제자인 남강 소협을시다! 남강 소협이 최종 결승전에 진출하게 된 것이오!"

"우와아아아!"

재차 환호성이 터져 나왔다.

패자는 이미 잊혀졌다. 승리자만이 환호와 찬사 속에 우뚝 서 있을 뿐이다.

비무 대기석.

방금 전 벌어진 사강전을 유심히 지켜보고 있던 운검이 나직이 혀를 찼다.

"쳇! 너무하는군. 검준 유엽이란 친구, 얼굴에 상처가 상당히 깊게 난 것 같은데 의원을 불러주지도 않다니."

그의 곁에 바짝 붙어 있던 소금주가 다소 불안한 표정으로 종알거렸다.

"운검 가가, 지금 남 걱정 할 때가 아니에요. 가가의 다음

상대는 소검 전일비를 이긴 사람이라구요!"

"알고 있다. 당가의 적룡수 당환경! 이번 비무대회 제일의 강자지."

"어째서 멀고 먼 사천의 당가에서 그런 강자를 북궁세가까지 보냈는지 모르겠어요. 이번 비무초친의 우승자가 되면 북궁세가의 데릴사위가 되어야 한다는 걸 모르진 않을 텐데 말예요."

"그러게."

드물게 소금주의 말에 맞장구를 쳐준 운검이 입가에 흐릿한 미소를 매달았다. 뒷말 역시 뒤따른다.

"아마도 북궁세가에서 뭔가 반드시 얻어내야만 할 게 있었던 게 아닐까?"

"적룡신갑이요?"

"그것도 하나의 이유가 될 수 있겠지. 그 적룡신갑이란 거, 의외로 평범한 무림의 보갑이 아닐지도 모르겠으니까."

"……"

소금주가 입을 꾹 다물었다. 언제 열심히 종알거렸는가 싶다. 운검이 그 모습을 보고 다시 입가에 미소를 매달았다. 이제 슬슬 마지막 사강전을 위해 비무대로 향해야 할 시간이다.

"그럼 다녀오지."

"운검 가가, 조심하세요!"

"그러지."

운검이 대답과 함께 비무대 위로 신형을 뽑아 올렸다.

맞은편 대기석.
역시 방금 전 끝난 비무를 흥미진진한 표정으로 지켜보고 있던 당무결이 입가에 흐릿한 미소를 만들어냈다. 생각 외로 섬서성 후기지수들의 무공 수준이 나쁘지 않다는 생각이 든 까닭이다.
'하지만 그래 봐야 그저 어린아이들의 칼싸움 수준. 하지만 화산파의 운검이란 자는 달랐지. 아주 많이 말야. 전날 내 암흑파천을 막아낸 실력이 진짜인지 확인해 볼까?'
당무결이 내심 중얼거린 후 대기석을 떠나려 할 때였다. 그의 뒤에 바짝 붙어서 있던 위소소가 경고하듯 말했다.
"그는 강해요."
"알고 있소이다."
"겉으로 보는 것보다 훨씬 강해요. 만약 중간에 두 눈이 백안으로 변하면 절대로 맞상대하지 말고 뒤로 물러서세요."
"백안?"
당무결의 두 눈에 묘한 기운이 어렸다. 위소소가 언급한 사항에서 구마련 비전의 마공 하나를 떠올렸기 때문이다.
위소소가 미미하게 고개를 끄덕여 보였다.
"짐작하신 그대로예요. 아니, 그 이상일지도 몰라요."
"그 이상일지도 모른다라······."

말끝을 고의로 끌어 보인 당무결이 늘상 입가에 매달려 있던 미소의 농도를 더욱 짙게 만들었다. 위소소의 말을 못 믿어서가 아니다. 오히려 재밌게 되었다는 생각이 든 까닭이다.

"금방 끝내고 돌아오도록 하지요."

"……."

위소소는 대답하지 않았다.

당무결 역시 그녀의 대답을 기다리지 않았던 것 같다. 그는 곧바로 대기석을 떠나 비무대 위로 뛰어올랐다. 운검이 먼저 올라와 기다리고 있었다.

진영언은 어느새 비구니 차림에 어울리지 않는 도끼눈을 뜨고 있었다. 비무대 위에 운검과 당무결이 함께 모습을 드러낸 것과 동시였다.

'망할 녀석! 진짜로 북궁세가의 데릴사위가 되려는 건가? 사강까지 오르다니! 하긴 저 녀석은 원래 돈이라면 사족을 못 쓰는 녀석이었으니까 부잣집 데릴사위를 노리는 것도 무리는 아닌 건가?'

딴은 그렇다.

모르고 있었던 바가 아니다.

그래서 진영언은 운검의 곁을 떠나기까지 했었다. 그러나 다시 북궁세가로 돌아와 사강전을 앞둔 운검의 모습을 보니, 부아가 치밀어 오른다. 당장이라도 비무대 위에 뛰어올라 가

깽판이라도 놓고 싶다.

'역시… 영언이가 마음에 둔 상대는 저 화산파 출신의 운검이란 소협인 건가?'

보타신니는 다른 구정회의 기인이사들과 달리 줄곧 제자인 진영언과 자리를 함께하고 있었다. 운검에게 계속 고정되어 있는 그녀의 시선을 놓쳤을 리 없다.

지금 역시 마찬가지다.

그녀는 비무대 위의 운검에게 고정되어 있는 진영언의 시선을 정확하게 파악했다. 괜스레 마음이 움직이지 않을 수 없다. 만약 평상시 같았다면 당장 진영언에게 짓궂은 장난이라도 걸었을 터다.

'나무관세음! 아쉽구나! 아쉬워! 구정회에 진 신세를 갚지 않으면 안 되는 상황만 아니라면 저 운검이란 소협에 대해 살펴볼 시간이 많았을 터인데……'

힐끗.

내심의 중얼거림과 함께 살짝 넋을 놓고 있는 진영언 쪽을 바라본 보타신니가 슬그머니 신형을 뒤로 빼냈다.

문득 그녀의 귓전으로 파고든 전음 하나.

구정회의 기인이사들 중 한 명이 보낸 합류 요청이었다.

'영언이에게는 비무가 끝난 후 말하면 되겠지.'

보타신니는 대수롭지 않게 생각했다.

이곳은 북궁세가다.

북궁세가주인 북궁한경의 요청으로 구정회와 함께 침입한 이상 두려울 게 없었다. 누구든 그리 생각할 터였다. 보타신니 역시 마찬가지였다.
　스슥!
　여전히 초절한 불영신법이다.
　진영언은 물론이거니와 비무대 쪽에 정신이 팔린 거의 모든 사람들이 보타신니의 움직임을 감지조차 하지 못했다.

*　　　*　　　*

　쾅!
　처소인 화월각(花月閣)에서 화장에 열중하고 있던 장미부인 성옥월은 요란한 소음에 놀라 몸을 가볍게 떨어 보였다.
　툭!
　눈썹을 그리던 붓까지 바닥에 떨구고 말았다. 그만큼 놀랐다는 뜻이다.
　"어떤 놈이 감히!"
　성옥월은 놀란 와중에도 우아함을 잃지 않기 위해 노력하며 시선을 방문 쪽으로 향했다.
　그때다.
　역시 요란한 소음과 함께 활짝 열린 성옥월의 발치로 두 개의 인두(人頭)가 날아들었다.

투툭!

성옥월은 북경 대장군가의 여식이긴 하나 무공과는 연관이 없는 여인이다. 여느 무림인들처럼 눈이 밝지 못하다.

그녀는 정확히 자신의 발치에 떨어진 인두의 정체를 한참이 지나서야 눈치 챘다.

데굴.

문득 바닥에 떨어진 인두 중 하나가 얼굴 부분을 보였다. 굴러서 그리되었다.

"아악!"

성옥월의 입에서 절로 비명이 터져 나왔다.

그럴 수밖에 없다.

얼굴을 드러낸 인두.

바로 그녀의 사랑하는 아들의 형상이다. 북궁세가의 오룡 중 네 번째인 사공자 북궁단인 것이다.

그렇다면 다른 하나는?

성옥월의 뇌리에 떠오른 불길한 의혹에 대한 대답은 인두를 그녀에게 집어 던진 무단침입자가 대신 말해줬다.

"당연히 한 놈이 단이 녀석이면 다른 한 녀석은 열이인 게지요, 이부인."

"네, 네놈이! 네놈이 감히!"

성옥월은 어느새 자신의 바로 코앞까지 다가선 북궁정을 향해 악을 쓰며 두 눈 가득 피눈물을 흘렸다. 사랑하는 두 아들의 죽음을 접하고 절로 눈물 빛깔이 붉게 변해 버렸다.

그것만으로 끝일 리 없다.

화장대 앞에 놓여진 의자를 박차고 일어선 성옥월이 평생 가장 중시 여겼던 우아함을 집어던지고 북궁정에게 달려들었다. 그의 품으로 달려들어 가슴과 목을 쥐어뜯으려 했다.

철썩!

북궁정은 가차없이 손을 뻗어 성옥월의 뺨을 후려쳤다. 내공을 담진 않았으나 초절정무인의 손속이다. 전혀 무공을 익히지 않은 평범한 여인으로선 결코 감당할 수 없다.

"악!"

처절한 비명성과 함께 성옥월이 바닥에 쓰러졌다. 입 안이 온통 피투성이가 됐는지 뭉클거리는 피를 게워내고 있다.

북궁정이 차갑게 말했다.

"이부인, 방금 전에 가주께서 암살을 당하셨소."

"사, 상공께서……."

"상공?"

북궁정이 얼굴에 비웃음 섞인 표정을 만들어냈다. 성옥월과 유성월 간의 밀회를 아는 까닭이다.

'하긴 어머님께 가한 처사를 보면 당연한 죄과를 받은 것이라 봐도 무방할 테지. 똑같은 식으로 당한 것이니까.'

내심 고개를 가로저은 북궁정이 여전한 표정으로 말을 이었다. 선고했다.

"단과 열은 가주 암살범과 내통한 혐의로 내가 목을 잘랐소."

"가, 가주 암살범이라니! 어찌 그 아이들이 그런 짓을 할 수 있단 말이냐!"

"하긴 그 녀석들이 그럴 주제들은 아니었지. 음탕한 어미의 부추김에 넘어가지만 않았다면 말야."

"그……."

성옥월이 다시 악을 쓰려다 안색을 파랗게 물들였다.

짐작이 가는 바가 있다.

북궁정이 어째서 이런 끔찍한 짓을 저지르고 자신을 강박하는지도 알 수 있을 것 같다.

'설마 이번 일에 유 대가까지 연루된 것일까? 그렇다면 지금쯤 그분 역시……'

성옥월은 자신의 두 아들과 남편의 죽음조차 뒤로하고 한 명의 사내를 걱정했다. 평생 처음으로 가슴 두근거리며 열정을 불태웠던 유성월이 걱정되어 미칠 것 같았다.

그러나 그녀는 고명한 대장군부의 여식이다.

태어나 지금까지 한 번도 예의와 법도란 굴레 속에서 자유로웠던 적이 없었다.

바들!

성옥월은 두 주먹에 힘을 준 채로 북궁정의 입술만을 바라봤다. 그가 자신과 사통한 유성월에 대해 말해주기만을 기다리고 있는 것이다.

'미쳤군! 아니, 유 총관이 그만큼 남자로서 대단하다고 봐야 하는 건가? 어찌 됐든 한 여인의 마음을 이리 완벽하게 거머쥐었으니까 말야.'

북궁정은 내심 성옥월의 이 같은 모습에 고개를 가로젓곤 입가에 쓴웃음을 만들어냈다.

"후후. 이부인, 유 총관은 무사하니까 염려 마시오. 하지만 유 총관이 이부인을 구하러 와줄 것을 기다리진 마시오. 그는 지금 가주 암살범과 관련된 세가 내의 세력들을 색출하는 데 바쁘니까 말이오."

"그런……."

성옥월의 파랗게 질린 얼굴로 뭐라 말을 하려다 입을 다물었다.

비로소 뇌리를 스쳐 간 의문 하나.

북궁세가의 이대세력 중 하나인 유성월과 자신의 세력을 북궁정이 단숨에 깔아뭉갤 수 있었던 배경이다. 연유이다. 멍청한 여인이 아니니만큼 확 깨닫는 바가 없을 수 없다.

"아아! 아아아아아……!"

북궁정이 보는 앞에서 바닥에 얼굴을 파묻은 성옥월이 찢어지는 듯한 비명을 터뜨렸다. 자신의 두 아들의 얼굴을 부여잡고서 그녀는 처절하게 울부짖었다.

잠시 후.

반광란 상태에 빠진 성옥월의 수혈을 짚어 시끄러움을 피한 북궁정이 화월각을 벗어났다.

마침 화월각 앞에 도착한 조홍주가 태연한 표정으로 그에게 다가왔다. 항상 뒤따르던 호위무사들조차 대동하지 않은 채였다.

슥!

북궁정을 보자마자 정중하게 포권지례한 조홍주가 시선을 화월각 쪽으로 던졌다.

"이부인은……."

"제 보배 같은 아들들의 잘린 머리통을 보고 정신을 놓아 버리더군. 어미로서 당연한 일일 테지."

"그랬습니까? 그럼 뒤처리는 어찌할까요?"

"북경의 대장군부는 아직도 권력의 핵심 중 하나야. 이번의 거사로 북궁세가 내의 모든 동조 세력을 잃어버렸으니, 이곳에 연금을 해두면 될 거야."

"자진 같은 건 하게 놔두면 안 되겠군요?"

"신농당(神農堂)의 의원들한테 적당한 약을 조제해서 먹이게 만들어. 즐거운 상태를 유지하게만 만들어두면 될 거야."

"앵속(아편)을 쓰면 될 겁니다. 그리고……."

잠시 말끝을 흐린 조홍주가 살짝 목소리를 낮췄다.

"삼공자가 돌아왔습니다."

"휘 녀석이?"

"그렇습니다. 방금 전에 가주전에서 가주님이 돌아가신 현장에서 발견되었습니다. 그래서 붙잡으려 했으나 의외로 무력이 대단하여 놓치고 말았습니다."

"그분다운 짓이군. 여태까지 안중에도 두지 않고 있던 휘 녀석을 마지막 패로 준비해 놓다니."

북궁휘.

다른 어미를 둔 형제들 중 북궁정을 가장 잘 따른 동생이다. 그 역시 남다른 정리를 느끼고 있었다. 하지만 상황이 이리된 이상 과거의 정리를 논할 순 없었다.

죽느냐 죽이느냐!

현재 북궁세가 내부에서 벌어지고 있는 상황을 한마디로 정의하는 말이었다. 이런 때에 사적인 감정 같은 것 때문에 대사를 그르칠 순 없었다.

'어차피 사문의 명에 의해 혈육을 베어버린 나는 이미 수라의 길로 들어섰다. 이제 와서 인간인 척하는 것도 우스운 노릇일 터.'

내심 중얼거린 북궁정이 눈빛을 차갑게 가라앉혔다.

"그래서 그 녀석에 대한 처리는 어찌 됐지?"

"이미 삼당과 이각의 가용할 수 있는 인원을 몽땅 모아서 내당을 뒤지고 있습니다. 외당의 유 총관에게도 전언을 보낸 상황이고요."

"유 총관이 곧바로 사단을 움직이겠군. 이 기회에 대연무장에 모여든 구정회의 늙은이들과 섬서성 일대 무인들을 쓸어버릴 구실을 잡은 셈이니까 말야."

"아마도……."

조홍주가 말을 아꼈다. 자신의 의견은 철저히 배제함으로써 이번 거사의 끝에 북궁세가의 신임 가주의 위에 오를 북궁정에 대한 예의를 지킨 것이다.

북궁정이 눈매를 가늘게 만들어 보였다.

"그대로 시행하도록 해. 그리고 만약 휘 녀석이 북궁세가를 무사히 빠져나간다면……."

"곧바로 서안 일대에 천라지망이 펼쳐질 겁니다."

"그래, 그러면 된 거야."

그 말을 끝으로 북궁정이 손을 가볍게 내저어 보였다. 그러자 조홍주가 허리를 살짝 굽혀 보이곤 신형을 돌려세웠다. 북궁정에게 보고를 끝마쳤으니 이제 다시 북궁휘를 잡으러 갈 차례였다.

북궁정이 그의 뒷모습을 바라보다 나직이 중얼거렸다.

"이로써 무림을 떠받치고 있던 사패의 하나가 무너지게 된 셈인가? 어차피 사부 늙은이는 이런 거에 신경조차 쓰지 않을 테지만 말야."

느닷없이 불어온 바람.

북궁정의 장발을 한차례 흩뿌려 놓고 사라진다. 그와 동시에 그의 입가로 거칠고 사나운 미소가 떠오른다. 자조의 감정을 떨쳐 내기 위한 몸부림이다.

*　　　　*　　　　*

"여어!"
 운검이 손을 들어 흔들어 보였다. 딴은 반갑다는 표시다.
 실룩!
 당무결이 입가에 흐릿한 미소를 만들어 보였다. 여태까지의 가식적인 표정과는 조금 거리가 있다.
 하긴 언제 사귐이 있었다고 반가운 척인가?
 게다가 겉보기와 달리 그의 연배는 운검보다 훨씬 위다. 적어도 두 배분 이상은 윗길이라 할 수 있었다. 마치 친구를 접하는 듯한 운검의 행동에 기분이 좋을 리 없다.
 당장 당가비전의 암기술 네댓 개를 펼쳐서 몸에 구멍 몇 개를 뚫어주고 싶었으나 보는 눈이 많아 참는다. 곧 합법적으로 저 유들유들해 보이는 미소를 박살 내줄 수 있기 때문이다.
 운검이 슬그머니 손을 내렸다.
 상대방의 반응이 없다. 계속 손을 들고 있기도 조금 낯이 팔린다.
 그때 언제나와 마찬가지로 비무대 한 켠에 마련된 귀빈석에서 웅성거리는 작은 소란이 있었다. 총관 유성월 쪽으로 무사 한 명이 다가와 보고를 올리는 사이 벌어진 일이다.

꿈틀.
 유성월은 무사의 보고를 받은 후 청수한 이맛살을 살짝 찡그렸다가 곧바로 표정을 바로 했다.
 그와 함께 두 눈에 어린 형형한 안광.
 그의 시선이 장생당의 삼원로 중 한 명인 대풍수(大風手) 벽강에게 향했다.
 "벽 장로님, 잠시 저 대신 이곳을 주관해 주셔야만 하겠습니다."
 "노부가 말이오?"
 "예, 그렇습니다."
 "흐음."
 벽강 역시 유성월이 인상을 찌푸리는 걸 봤다.
 소리장도.
 웃음 속에 칼을 숨긴 북궁세가의 이인자가 그 같은 모습을 보이는 광경을 보기란 결코 쉽지 않은 일이다. 분명히 내당 쪽에 상당히 심각한 문제가 발생했음이 분명했다.
 벽강이 천천히 고개를 끄덕여 보였다.
 "알겠소이다. 유 총관은 이곳의 일은 개의치 마시고 가서 일을 보도록 하시오."
 "감사합니다. 그리고……."

잠시 말끝을 흐린 유성월이 귀빈석 한 켠에 놓여져 있던 붉은색 보자기를 벽강에게 넘겼다. 당부의 말 역시 잊지 않는다.

"이번 대회의 우승자에게 부상으로 주어지게 되어 있는 적룡신갑입니다. 혹시 제가 끝까지 돌아오지 못하게 되면 벽 장로님이 대사를 주재해 주십시오."

"알겠소."

"벽 장로님만 믿겠습니다."

유성월이 벽강에게 다시 당부의 말을 늘어놓고 나머지 두 명의 원로와 열 명의 무림명숙에게 연달아 양해의 말을 늘어놨다. 주인인 북궁한경 대신에 대사를 주재하던 중 자리를 비우게 된 것을 사과한 것이다.

특히 그는 구파일방에 속한 고인들한테 은근한 시선을 던졌다. 소림사의 법혜 선사와 무당파의 태청 진인, 종남파의 육지수사 이결, 개방의 팔비신타 용호개 등은 그로서도 결코 쉽사리 대할 수 없는 인물들이었다. 다른 자들보다 더욱 신경을 쓰는 것도 무리는 아니다.

벽강 역시 다른 삼원로와 함께 거들었다.

잠시 동안 비무대 위에서 겸양과 예의를 차린 인사가 오고 갔다.

그 모습을 지겨운 표정으로 지켜보고 있던 북궁상아가 운검 쪽을 힐끔 바라봤다.

드디어 사강전이다.

두 번만 더 이기면 그가 이번 비무초친 비무대회의 우승자가 되는 것이다.

전날.

운검의 놀라울 정도의 무공을 접한 바 있는 북궁상아로선 신경이 쓰일 수밖에 없다. 아무리 염두를 굴려도 절대로 운검을 이길 방도가 생각나지 않았기 때문이다.

'하지만 나는 저 운검이란 사내에 대해 아는 게 아무것도 없어. 그러니 목숨을 걸고 그와 싸울 거야. 그러기 위해 여태까지 익혀온 무공이니까.'

북궁상아가 아랫입술을 살짝 깨물었다. 그때 문득 뇌리를 스쳐 간 의혹 하나가 있다.

'그런데 어머님은 어째서 여태까지 모습을 드러내지 않으시는 거지? 설마하니 아직도 화장이 끝나지 않은 걸까?'

그녀가 아는 모친 성옥월은 떠들썩한 잔치나 행사에 결코 빠지는 사람이 아니었다. 항상 자신이 가장 화려해야만 하고 중심에 서야만 직성이 풀리는 성격이었다.

당연히 북궁상아의 부군 될 비무초친 비무대회의 우승자가 결정되는 현장을 마다한다는 건 있을 수 없는 일이었다. 벌써 자신의 옆자리를 차고앉아서 수다를 떨고 있어야만 했다. 그게 정상이었다.

상념이 거기까지 진행되었을 때 문득 북궁상아의 뇌리로

묘한 불안감이 스쳐 갔다. 모친과 마찬가지로 자리를 비운 북궁정이 신경 쓰인 까닭이다.

그러나 그녀는 상념을 그쯤에서 멈췄다. 지워 버렸다. 지나친 걱정이란 판단이었다.

그때 갑자기 웅성거림만이 들려오던 비무대 주변에서 다시 예의 커다란 환성이 터져 나왔다. 인사치레를 끝마치고 비무대를 빠져나간 유성월 대신 나선 벽강이 사강전의 두 번째 비무의 시작을 외쳤기 때문이다.

두근!

운검은 제법 떨어진 거리에서도 유성월이 벽강과 나눈 대화를 하나도 빠짐없이 전해 들었다.

당연히 그의 관심은 적룡신갑에 집중되었다. 그 외엔 그다지 관심이 가지 않았다.

하긴 그는 화산파 출신이었다. 은연중 섬서성의 패권을 잡기 위해 화산파를 핍박했던 북궁세가 내부의 일에 관심이 갈 리 만무했다.

그러나 갑자기 심장이 뛰었다.

그냥 뛴 것이 아니다.

다른 때와 달리 격렬한 통증이 수반되어 있었다. 전날 폭주 끝에 자하신공을 삼성가량 회복한 이후 처음으로 느끼는 고통이었다.

그것만으로 끝일 리 없다.

느닷없이 그의 뇌리로 무수히 많은 인간들의 상념이 폭발적으로 파고들어 왔다.

천사심공의 발동!

그것도 다른 때와 비교조차 할 수 없을 정도로 극대화된 위력이다. 일시 머릿속이 폭발할 것만 같았다. 만약 마정이 약간 녹으며 일어난 폭주를 경험치 못한 채였다면 분명 미쳐 버리고 말았을 터다.

"큭!"

운검은 심장 어림을 오른 손바닥으로 누른 채 신형을 휘청거렸다.

눈살 역시 찌푸려져 있다.

이미 입가에 머물러 있던 미소는 씻은 듯 사라져 버렸다.

'무슨 짓이지?'

당무결은 벽강이 비무 시작을 알린 순간, 손가락 사이에 유엽비도 하나를 끼어 들었다.

일비(一匕)!

사천당가가 자랑하는 십대암기술 중 하나인 백보일비(百步一匕)로 일단 운검의 발검을 방해할 작정이었다. 그런 후 손톱 끝에 묻혀놓은 탈백산(奪魄散)을 튕겨서 내공을 흩뜨리는 게 다음 수순이었다.

그런데 운검이 느닷없이 이상한 행동을 보였다. 가슴을 쥐어뜯으며 고통스러워하고 있는 것이다.

마치 암습이라도 당한 것 같다.

딱 그렇다.

벽강을 비롯한 참관인들의 시선이 일제히 당무결을 향했다. 그가 사천당가의 출신답게 비무 시작 전에 미리 독으로 운검을 암습한 게 아닌가 의심하는 눈초리들이다.

덕분에 당무결은 거의 촌각에 가까운 시간만큼 백보일비를 펼치는 데 늦어버렸다.

고수 간의 대결에선 결정적이랄 수 있는 실수!

스슥!

그때 운검이 발끝을 움직여 구궁보를 밟으며 당무결에게 다가들었다. 언제 가슴을 쥐어뜯으며 고통스러워했냐는 듯 신속하고 대담한 움직임이다.

'감히!'

당무결은 자신이 운검에게 희롱당했다고 여겼다. 그가 백보일비를 펼치지 못하게 방심을 유도한 후 구궁보를 펼쳐서 사각지대로 파고들어 온 까닭이다.

그러나 당무결은 산전수전을 다 겪은 초절정고수이다. 일시 허를 찔렸다 해서 넋 놓고 당할 인물은 아니었다. 분노로 이성을 잃어버리지도 않는다.

파앗!

곧바로 들고 있던 유엽비도의 방향을 돌린 당무결이 손가락을 튕겨냈다.

눈이 아니라 감각만을 믿고 펼친 백보일비!

그 후.

당무결은 결과를 확인할 생각도 없이 발끝으로 바닥을 찍었다. 신형을 앞으로 날림으로써 배후의 위험으로부터 벗어나려는 의도였다.

그런데 바로 그때다.

스스슥!

방금 전 눈앞에서 자취를 감췄던 운검이 당무결의 바로 코앞에 모습을 드러냈다. 사각지대로 파고들어 공격을 가하는 대신 자신을 그대로 내보인 것이다.

역시 예상을 벗어난 행동!

'이 녀석! 도대체 목적이 뭐냐?'

당무결이 내심 대갈을 터뜨리며 지척의 운검을 향해 십지를 좌악 펼쳤다.

십지탄(十指彈)!

오랜 세월 십지 끝에 축적시켜 놨던 열 가지 독을 지력에 담아서 튕겨내는 사천당가의 오대독공 중 하나다. 종횡하는 지력에 담긴 독기로 인해 이 정도 지척이라면 결코 실패할 수 없는 독랄한 절기라 할 수 있었다.

그러나 당무결은 이번에도 자신의 뜻을 이룰 수 없었다. 그는 십지탄을 펼치기 위해 열 손가락에 집중시켜 놨던 독기를 재빨리 회수했다. 느닷없이 귓전을 때린 전음성 때문이다.
"혈군자 당무결, 서방도신 북궁한경이 죽었소!"
멈칫!
당무결은 십지탄을 포기한 채 신형을 멈춰 세웠다. 지척의 운검을 바라보는 시선 속에 황망함이 가득 담겨져 있다. 노련한 인물임에도 일시 어찌해야 할 바를 모르게 된 것 같다.
운검의 전음이 다시 이어졌다.
"대연무장엔 이미 북궁세가의 삼당과 사단의 최정예 고수들이 천라지망을 펼치고 있소. 아마도 북궁한경의 죽음을 이유 삼아 대연무장의 무림인들 전부를 죽일 작정인 것 같으니, 빨리 내 말을 들으시오."
"어째서?"
비로소 당무결이 전음으로 운검에게 반문했다. 그가 바로 위소소가 찾아 나선 천사심공의 소유자임을 비로소 짐작해 낸 것이다.
"구정회와 북궁한경 간의 밀약이 밖으로 새어나갔소. 그게 이유요. 그리고 내 말 알아들었으면 지금 당장 비무대 밑으로 뛰어내려 가 구정회의 동료들에게 북궁한경의 죽음을 전하시오. 자칫 잘못하면 이번 일로 섬서무림의 정파 세력 전체가 괴멸당할 수도 있소."
'이 녀석, 정말 천사심공의 소유자로구나! 내가 구정회와 연관되어 있다는 건 세상에 아는 자가 거의 없거늘.'

삼 년 전.

그때서야 당무결은 구정회와 연결되었다.

당연히 그의 비밀 신분은 구정회에 속한 자 외엔 누구도 아는 자가 없었다. 아마 구정회 내에서도 극비 중의 극비에 속한 비밀일 게 분명했다. 그를 회유한 건 신비 속의 구정회 회주였기 때문이다.

스슥!

생각이 길었던 것과 달리 행동은 신속했다. 마음의 결정을 내리자마자 당무결은 운검으로부터 떨어져 나왔다. 아니, 그에게만이 아니다.

일학충천(一鶴沖天)!

순간적으로 발끝에 기력을 모아 일직선으로 하늘 높이 뛰어오른 그의 두 눈에 안광이 담겼다. 안공을 이용해 대연무장 주변을 살피기 위함이었다.

'역시 그의 말이 맞구나! 대연무장은 완벽하게 포위당했어! 그렇다는 건 역시, 염려했던 것처럼 북궁세가가 고대마교에 의해 잠식당했다는 뜻일 터!'

확인이 끝났다.

더 이상 신분을 숨기고 있을 까닭이 없었다. 자칫 구정회의 동료들과 섬서 일대의 정파무림인들이 몰살당할 위기 상황이란 판단이었다.

―반천구정(反天求正)! 하늘이 뒤집혔으니, 구정회여, 움직여라!

사자후(獅子吼)!

구마련에 속해 있는 중에도 줄곧 다시 정파인으로 복귀할 날만을 고대하고 있던 당무결의 입에서 터져 나왔다. 대연무장에 모인 구정회의 기인이사들의 고막을 먹먹하게 만들며 파고들어 왔다.

'귀 아파……'

운검은 느닷없이 폭발한 천사심공에 의해 얻은 정보로 당무결을 움직인 후 눈살을 가볍게 찌푸려 보였다.

당무결의 즉각적인 반응.

만족스럽다. 생각했던 이상으로 말이 통하는 사람이라 다행이었다.

그러나 그것만으로 이번 사태를 해결할 순 없다.

느닷없는 사태에 크게 당황한 귀빈석의 인물들만 봐도 알 수 있다. 그들 역시 몽땅 버리는 말이었다. 오늘 북궁세가에서 벌어질 예정의 도륙극은 쉽사리 끝날 성질의 것이 아니었다.

'제길! 고대마교라고? 내가 그냥 내버려 둘 것 같으냐! 이번 일에는 내 제자의 생사가 걸려 있다구!'

내심 소리친 운검이 귀빈석을 향해 바람같이 신형을 날렸다. 우선 화산파와 함께 구파일방에 속한 정파 고인들을 설득해서 구정회와 연합시킬 작정이었다.

스스슥!

그때 그의 앞을 가로막아 서는 자가 있었다.

벽강.

장생당의 원로 고수이자 장로의 신분인 그는 반백의 눈썹을 위로 치켜뜬 채 준엄하게 운검에게 소리쳤다.

"운 소협, 이게 무슨 짓인가!"

"벽 대협, 내가 좀 바쁘니 설명은 생략하도록 하겠소."

"뭐라!"

벽강이 대노했다. 감히 무림 중의 후기지수에게 모욕을 당했다는 생각이 든 까닭이다.

운검은 개의치 않았다.

스슥!

순간적으로 발끝을 비틀어 신행백변의 변화를 일으킨 운검이 검결지를 한 손가락으로 벽강의 인후를 노렸다.

전광석화(電光石火)!

만약 벽강이 평범한 자라면 단숨에 제압당했을 것이다. 그러나 그는 운검이 젖먹이인 시절에 이미 절정에 이른 원로 고수였다.

흠칫!

생각 이상으로 날카로운 운검의 공격에 놀란 표정이 된 벽강이 오른쪽 어깨를 살짝 밑으로 내려뜨렸다. 인후를 노리는 검결지의 공세를 간발의 차로 흘려버린 것이다.

당연히 그것만으로 끝일 리 없다.

벽강은 곧바로 성명절기인 대풍중첩장(大風重疊掌)을 펼치려 했다. 운검의 무공 수위가 생각 이상인지라 처음부터 전력을 기울이기로 마음먹은 것이다.

그러나 현재의 운검은 천사심공이 활성화된 상태였다. 그의 그 같은 생각은 실시간으로 운검에게 전달되었다. 대풍중첩장이 노릴 방위 역시 마찬가지다.

휘청!

느닷없이 한쪽 발끝으로 균형을 맞추며 신행백변의 변화를 조절한 운검의 수장이 아래에서 위로 치켜 올라갔다.

퍽!

죽엽수가 벽강의 턱밑으로 작렬했다.

"크악!"

외마디 비명과 함께 바닥에 나뒹군 벽강을 뒤로하고 운검이 귀빈석을 향해 다시 신형을 날렸다.

第三十八章
흉신강림(凶神降臨)
스스로 주인을 정하니, 흉신이 강림한다!

장생당.

일명 경로당이라 불리는 곳은 북궁세가 내에서도 상당히 특별하다.

삼당의 으뜸이라서가 아니다.

일반 문파로 치면 장로원과 같은 역할을 하는 곳이기 때문이다.

당연히 장생당에 속한 원로들치고 고수 아닌 자가 없다. 그것도 힘이 정의라 불리는 강호무림에서 오랫동안 살아남을 만큼 무력과 지력을 겸비한 자들이 대부분이었다.

그런 곳의 지명도 높은 고수인 벽강이 일초반식 만에 패배를 당했다. 그것도 새파랗게 어린 운검에게다. 일시 귀빈석 일대에 경악의 파도가 흘러넘쳤다.

운검은 개의치 않았다.

그의 목표는 분명했다. 시간 역시 별로 없었다. 상대방의 반응에 신경 쓸 여유 따위가 있을 리 만무했다.

스스슥!

순식간에 귀빈석 앞에 이른 그의 앞을 가로막는 그림자가 있었다.

이미 바닥에 쓰러진 벽강에게 달려간 두 원로가 아니다.

전날 밤.

북궁휘를 쫓던 중 손속을 나눈 바 있는 북궁상아다. 평상시처럼 녹의에 전투용 갑주를 착용한 그녀의 두 눈이 새파란 분노의 빛을 드러냈다.

"이곳은 북궁세가예요! 감히 난동을 부린 까닭이 있을 테죠?"

"물론."

운검은 대답과 함께 손을 썼다. 그녀의 곡지혈을 때려 손에 들려져 있던 기형장도를 바닥에 떨구게 만든 것이다.

"이런, 무례한!"

"그런 소리 하기 전에 내당 쪽으로 달려가 보라구. 불효녀가 되고 싶지 않다면 말야."

"그게 무슨 소리죠?"

"북궁세가에 난리가 났다는 뜻이야. 아마도 이곳을 황급히 벗어난 유 총관과 관계있는 일일 거야."

"그런……."

북궁상아의 뇌리로 일시 불길한 그림자 하나가 스쳐 갔다.

모친인 성옥월이 종종 유성월에게 보내곤 하던 애모의 눈빛을 그녀는 진작부터 눈치 채고 있었다. 여인만이 가진 민감한 감수성이 그걸 가능케 만들었다.

하지만 설마했다. 신분과 체면을 극히 중시 여기는 성옥월임을 알기에 절대로 자신이 염려하는 일 같은 건 일어나지 않으리라 여겼다. 바람이었다.

그런데 운검이 한 말을 듣고 보니 오싹 소름이 끼쳤다. 그가 한 말에서 부친 북궁한경의 죽음이 아닌 모친 성옥월의 불륜을 연상한 까닭이다.

그녀의 그 같은 상념은 곧바로 운검에게 전달되었다. 그러나 그는 일부러 그녀가 그냥 오해하도록 그냥 놔뒀다. 곧바로 북궁한경의 죽음을 전달하는 건 너무 잔혹한 일이란 생각이 든 까닭이다.

슥!

운검이 넋을 놓은 북궁상아를 뒤로하고 드디어 귀빈석 앞에 이르렀다.

어느새 일어선 무림의 명숙들!

그들 중 대표 격인 소림사의 장경각주 법혜 선사가 일수합장과 함께 나섰다.

"아미타불! 시주가 방금 펼친 보신경은 화산파의 구궁보와 신행백변이 맞소이까?"

"그렇습니다."

운검이 순순히 자신과 화산파 간의 관계를 인정하자 법혜 선사가 미미하게 고개를 끄덕여 보였다.

그의 좌우로 늘어서 있던 무당파의 진무각주 태청 진인과 종남파의 육지수사 이결 역시 마찬가지다.

비록 오 년여 전 구마련과의 대혈전 이후 관계가 크게 소원해졌다곤 하나 본래 구대문파는 형제와 같은 사이였다. 다른 문파와는 차별화되지 않을 수 없다.

"석년 구마련과의 대혈전에서 화산파의 현명 진인께서는 대인대의한 자기 희생으로 무수히 많은 정파 동도들의 생명을 구하셨소이다. 그 후 화산파의 세력이 크게 쇠락한 것을 염려했거늘, 오늘 운 시주를 보니 그저 빈승의 노파심에 불과했음을 알겠구려."

'사부님······.'

법혜 선사에게서 사부 현명 진인의 장렬한 죽음이 언급되자 운검의 눈시울이 살짝 붉어졌다.

화산을 떠나며 화산파와의 인연을 완전히 끊어버렸다 생각했다. 화산의 뭇 봉우리들을 향해 악을 썼다. 자신을 버려두고 먼저 우화등선한 못된 사부가 들으라는 듯 그리 부르짖었다.

그런데 아니었나 보다.

아직도 그의 가슴속엔 화산이 남아 있었다. 사부 현명 진인이 언급되는 것만으로 가슴이 떨리고 눈시울이 붉어진다. 그게 증거다.

흔들.

운검은 고개를 가로저었다. 지금은 감상에 젖을 때가 아니다. 바짝 긴장해야만 한다.

"대사님, 구정회를 아십니까?"

"구정회……."

법혜 선사의 마음속에 인 파문을 운검은 바로 눈치 챘다. 그것만으로 족하다. 더 이상 캐물을 까닭은 없다. 극한까지 활성화된 천사심공으로 얻은 정보에 의하면 구정회의 존재는 정파 내부에서 가장 큰 비밀에 속했기 때문이다.

"대사님, 얼마 전 북궁세가의 서방도신 북궁한경 가주가 살해당했습니다. 곧 이곳으로 북궁세가의 정예들이 투입되어 섬서무림인들을 몰살시키려 할 테니, 대사님께서 대사(大事)를 맡아주셔야만 할 것 같습니다."

"아미타불!"

법혜 선사가 나직한 불호와 함께 다시 일수합장을 해 보였다. 운검이 한 말에 반문을 던지는 대신 결의에 찬 눈빛을 내비쳤음은 물론이다. 이미 하늘로 뛰어오른 당무결이 터뜨린 사자후를 통해 대충 상황을 파악하고 있었던 까닭이다.

'정녕 사패의 하나인 북궁세가가 이미 고대마교의 마귀들에게 넘어갔단 말인가! 구마련의 준동 이후 최소한 백 년간은 무림에 평화가 있을 거라 생각했건만……'

천하무림을 발칵 뒤집어놨던 구마련의 준동.

지난 수백 년간 정파무림을 암중으로 수호해 온 구정회에선 그 역시 과거 최초로 마도천하를 이룩한 고대마교의 일맥으로 파악하고 있었다.

당연히 구정회에 속한 기인이사들은 구마련이 정파무림과 대혈전을 벌일 때 은밀히 후방 지원을 아끼지 않았다. 비록 직접 모습을 드러내진 않았으나 구마련의 갑작스런 붕괴에 지대한 영향을 끼쳤음은 물론이다.

하지만 구마련이 무너지고 단 오 년여 만에 또다시 마의 세력이 준동을 하려 하고 있었다.

어쩌면 고대마교의 본신일지도 모른다.

구정회와 간접적으로나마 관련이 있던 법혜 선사로선 통탄스럽지 않을 수 없는 일이라 할 수 있겠다.

* * *

법혜 선사가 내심 탄식을 터뜨리고 있을 때다.

일시 일학충천을 이용해 하늘 높이 뛰어오른 당무결이 터뜨린 우렁찬 사자후로 인해 구정회의 기인이사들은 재빨리 움직임을 보였다.

비무대에서 벌어진 괴이한 일에 어리둥절해진 무림 인사들에게서 몸을 빼내 그들은 한곳에 집결했다. 민활한 전음을 통해 힘을 한곳에 집결하기로 마음먹은 것이다.

그러나 모인 인원은 단지 넷뿐.

북궁세가에 침투했던 인원 중 취도 목상자와 팔방신개, 보타신니, 진영언이 전부였다. 어느새 군사 격인 우현과 귀왕 소연명의 종적은 묘연한 상태였다.

취도 목상자가 수중의 술병으로 입술을 축이곤 나직이 한탄했다.

"반천구정이라니! 정말로 사패 중 하나인 북궁세가가 무너진 것인가!"

팔방신개가 나직이 투덜거린다.

"떠그럴! 이 술주정뱅이 도사야! 그걸 내가 어찌 알겠냐? 하지만 이곳을 중심으로 대치를 보이고 있던 두 세력의 균형이 이미 무너진 것은 분명하다."

"늙은 거지! 그런 걸 알았으면 미리미리 얘기해 줘야지! 여태까지 뭘 했더냐?"

"네놈이 술 퍼마시고 있는 사이 조사한 것이다! 어째서 내가 그런 것까지 말해줘야 하는 것이냐?"

"뭐라!"

서로를 바라보며 으르렁거리기 시작한 취도와 팔방신개 사이로 보타신니가 끼어들었다. 그녀는 여전히 비무대 쪽에 정신이 팔려 있는 제자 진영언을 살피곤 불호를 외웠다.

"나무관세음! 두 분! 진정하시고 빈니에게 현 상황에 대해 설명해 주시지요."

취도 목상자와 팔방신개가 으르렁거림을 멈추고 시선을 보타신니에게 던졌다.

그녀는 일종의 손님 자격이었다.

아직 완벽하게 구정회에 속하지 않은 만큼 존중심을 갖지 않을 수 없었다.

"신니, 반천구정이란 구정회에 속한 동도들이 적진의 한가운데에 포위되었음을 의미하는 것이외다. 그러니까 이곳은 이제 우리에겐 완전히 사지가 된 것이라고 봐도 무방할 것이오."

"술주정뱅이 도사의 말이 옳소이다. 떠그럴! 도대체 이럴 때 우현은 어디에 가서 뭘 하고 있는 거냐구!"

보타신니의 눈에 이채가 어렸다.

그녀가 아는 취도 목상자와 팔방신개는 하나같이 무림 중에 상대할 자가 몇 없는 초절정고수들이었다. 무공과 능력에 대한 자부심이 대단히 강했다.

그런데 그들은 지금 상당히 불안해하고 있었다. 이곳이 사패의 하나인 북궁세가임을 감안한다 해도 태도에 약간 지나친 감이 있었다.

'혹여 이번에 내가 모르는 일이 있었던 것인가? 그런데 귀왕과 우현 시주는 그렇다 치고 그 중년 승려는 어디로 간 것이지?'

정체를 밝히길 꺼려했던 중년 승.

구정회에 속하기엔 상당히 무공이 떨어지는 인물이었다. 연배 역시 꽤나 젊었다. 관심이 가지 않을 수 없다.

"그런데 중년 승의 모습이 보이지 않는군요?"

"그 땡중? 그놈이라면 지금쯤 제 사부를 모시러 떠났을 테지요."

"사부?"

보타신니의 질문에 팔방신개가 시선을 비무대 쪽에 던졌다. 얼굴 가득 얄궂은 표정이 가득하다. 그 모습을 본 보타신니가 바로 알아들었다.

"오늘… 북궁세가에 들어온 구정회의 고수들은 우리뿐이 아니었던 것이군요."

"사패의 하나가 마도의 무리에게 털리기 직전이었소이다. 어찌 구정회에서 총력을 기울이지 않을 수 있었겠소이까?"

"하지만 그런데도 불구하고 두 분의 안색은 어두우시군요?"

"아무래도 함정에 빠진 것 같아서 그렇소이다."

"함정?"

"구정회와 북궁 가주 간에는 모종의 밀약이 있었소이다. 그런데 일이 돌아가는 상황을 살피자니, 북궁 가주의 신변에 이상이 생긴 게 분명해 보이외다."

"설마……."

보타신니가 노안을 가볍게 찌푸려 보였다.

서방도신 북궁한경!

당금 정파무림 위에 군림하고 있는 사패주 중 한 명이다. 절대고수로 분류되는 인물이었다. 갑자기 자신의 가문 내에서 신변에 이상이 생겼다는 건 쉽사리 상상되지 않는 일이었다.

그런데 바로 그때다.

털푸덕!

한데 모여 있던 기인이사들 사이로 십여 개나 되는 시체가 떨어져 내렸다. 모두 북궁세가의 무사들이다.

단지 그뿐일 리 없다.

공중 위에서 신형을 몇 차례나 회전시키며 본색을 회복한 당무결이 떨어져 내렸다. 어느새 일학충천을 끝마치고 부근에 은신해 있던 사단의 무사들 중 십수 명을 암기와 독을 이용해 격살시키고 돌아온 것이다.

스슥!

그의 느닷없는 등장에 진심으로 놀란 건 진영언뿐이다. 그녀는 바닥에 떨어져 내린 시체들을 보고 커다란 눈을 살짝 찡그려 보였다.

'사단에 속한 무사들? 도대체 어느 틈에?'

의혹을 담은 그녀의 시선을 무시한 채 당무결은 보타신니를 비롯한 기인이사들을 눈으로 살폈다. 몇몇 낯이 익은 자들을 발견하곤 밝게 미소까지 지어 보인다.

"취도와 팔방신개까지 온 건가? 하지만 오늘 이곳에서 무사히 살아서 탈출하기란 그리 쉽지 않을 거야."

취도와 팔방신개가 경악 어린 표정이 되었다. 당무결의 진정한 정체를 눈치 챈 까닭이다.

"혈군자 당무결?"

"어찌 구마련의 마종 중 한 명이 나타나는 거냐!"

당무결은 한차례 어깨를 으쓱해 보이는 것으로 대답을 대신했다. 뭘 뻔한 걸 묻냐는 뜻이다.

보타신니가 질문했다.

"나무관세음! 당 시주, 어찌 된 일인지 빈니가 물어도 되겠습니까?"

"신분이 어찌 되지?"

"보타암의 비구니올시다."

"보타신니? 그 정도면 본좌와 말을 섞을 자격이 있겠군. 그래, 뭐가 궁금한 거지? 짧게 질문해야만 할 거야. 곧 고대마교에 넘어간 북궁세가의 정예가 이곳을 완전히 포위 섬멸하려 할 테니까 말야."

"그렇다는 건 역시 북궁 가주의 신변에 이상이 생겼다는 뜻입니까?"

"그래. 그는 죽은 것 같아."

"나, 나무관세음!"

보타신니가 얼른 불호를 외웠다. 당무결의 말에 크게 놀란 것이다.

당무결은 전혀 개의치 않았다.

이 같은 상황!

딱 그가 바라던 바였다. 항상 정파무림의 절체절명의 위기를 구원하는 역할을 맡기를 바랐다. 설혹 그로 인해 죽는다 해도 여한은 없었다.

가문을 말아먹은 자!

평생 따라다녔던 낙인을 지울 수만 있다면 살 만큼 산 목숨 같은 건 당장이라도 버릴 수 있었다. 전혀 아깝지 않았다. 자신의 시신이 사천당가로 운반되어 선조들의 위패와 함께할 수만 있다면 말이다.

'고맙다, 고대마교의 떨거지들아! 이제 나 당무결은 돌아갈 것이다!'

당무결이 내심 득의만면하게 미소 지었다.

*   *   *

"나, 나는 괜찮소! 두 분은 어서 저 무엄한 녀석을 막아주시오! 어서!"

벽강은 혼절 직전에 유언이라도 하듯 중얼거렸다.

장생당의 두 원로.

혼천수(混天手) 남방과 질풍선(疾風扇) 당양의 표정이 노기 등등해졌다. 그들은 혼란에 빠진 비무대 아래쪽엔 관심조차 두지 않았다. 벽강이 새파랗게 어린 운검에게 당했다는 사실만이 분할 따름이었다.

'이대로는 장생당의 위신이 크게 깎인다!'

'당장 저 어린 녀석을 제압해서 뼈마디 몇 개 정도는 꺾어놔야 한다!'

남방과 당양이 서로 시선을 나눈 후 바람처럼 법혜 선사와 대화하고 있는 운검의 배후를 노리며 달려들었다.

그들은 북궁한경과 구정회 간의 밀약에 대해 알지 못했다. 벽강을 제압한 운검을 일단 제압하고 보자는 판단을 내린 건 지극히 당연한 일이었다.

"감히, 북궁세가에서 소란을 피우다니!"

"비록 젊은 나이의 소치라 하나 결코 용납할 수 없다!"

남방의 혼천수가 맹렬한 수영(手影)을 일으키고 당양의 질풍선이 십여 개가 넘는 선영(扇影)을 만들어냈다. 모두 운검의 배후를 노린 살초들이다.

그러나 남방과 당양은 운검에게 달려들 때보다 훨씬 빨리

흉신강림(凶神降臨) 239

뒤로 물러섰다.

그럴 수밖에 없었다.

어느새 태청 진인과 육지수사 이결이 운검의 배후를 막고 나섰기 때문이다.

특히 태청 진인은 송문고검까지 빼 들고 있었다. 당장 평생 동안 연마한 무당파 육대검법 중 하나인 현천검(玄天劍)을 펼치기라도 할 것 같은 기세다.

당양이 태청 진인의 검기에 손상된 자신의 질풍선을 떨떠름하게 바라보곤 불쾌한 표정을 지어 보였다.

"태청 진인, 어찌 이러시는 것이오? 설마하니 무당파가 북궁세가와 대적하려는 것이오?"

"무량수불! 운 소협은 구대문파 중 하나인 화산파의 제자올시다. 어느 누가 됐든 등 뒤에서 암습을 가하는 걸 빈도는 결코 좌시할 수 없소이다."

"암습이라니요! 그 녀석은 방금 전 본 가의 벽 장로를 공격해서 중상을 입혔소이다! 그걸 보시고도 같은 구대문파라고 감싸고도시려는 것이오?"

"거기엔 피치 못할 사정이 있소이다."

"피치 못할 사정이라! 노부에게 그걸 말해주시면 좋겠구려!"

"그건……."

태청 진인이 잠시 말끝을 흐렸다.

그와 육지수사 이결 역시 구정회와 어느 정도 선을 대고 있는 상황이었다. 운검의 말을 듣고 북궁세가 내부에 큰 사건이 벌어졌음은 눈치 챘지만, 당양 등에게 설명하긴 곤란했다. 북궁한경의 죽음에 대해 아직 확신을 갖지 못하고 있었기 때문이다.

결국 당양의 얼굴이 더욱 노기등등해졌다.

옆에 선 남방 역시 마찬가지다. 그들은 당장이라도 태청 진인과 육지수사 이결을 무력으로 뚫고서 운검에게 달려들 기세였다.

그때다. 느닷없이 비무대의 한 켠에서 붉은 광채가 하늘을 향해 치솟아올랐다. 불길하면서도 묘하게 사람의 마음을 매혹시키는 마력이 깃든 광채다.

"무량수불!"

"이게 무슨?"

"말도 안 되는!"

"저런……."

대립하고 있던 두 패!

태청 진인과 육지수사 이결, 그리고 당양과 남방이 거의 동시에 시선을 한쪽으로 집중시켰다. 하늘로 붉은 광채가 치솟아오른 방향이었다.

운검의 심장에 박힌 마정에 깃든 천사심공은 현재 최대한 활성화되어 있는 상태였다.

　어쩔 수 없이 원치 않았음에도 법혜 선사의 심중은 그대로 운검의 뇌리로 전달되고 있었다. 구정회와 고대마교에 관한 정보가 차곡차곡 그의 머릿속에 쌓여갔다.

　이는 운검이 바라는 바는 아니었다.

　지나친 정보의 습득!

　그로 인해 인생은 크게 피곤해진다. 이번 역시 느닷없이 전달된 정보로 인해 원치도 않는 구원자 노릇을 하게 되지 않았는가!

　'쳇! 어쨌든 구정회의 기인들과 법혜 선사님께 현 상황을 알렸으니, 어르신들끼리 남은 일은 알아서 할 테지. 나는 이제 휘 녀석의 행방이나 알아봐야겠다. 응?'

　운검이 내심 투덜거리곤 비무대를 벗어나려 할 때였다. 그의 눈에 문득 이채가 어렸다. 귀빈석 한 켠에 덩그러니 놓여 있는 붉은색 보자기를 발견한 까닭이다.

　'저건 필시 우승자에게 부상으로 주어지기로 된 적룡신갑이 담긴 보자긴데…….'

　어차피 곧 북궁세가는 발칵 뒤집힌다. 정당하게 부상인 적룡신갑을 차지하는 건 포기할 수밖에 없게 된 것이다. 눈앞에 놓여진 떡을 보고 구미가 당기지 않을 수 없다.

　스슥!

　운검은 자신도 모르게 붉은 보자기 쪽으로 다가가 손을 뻗

다가 얼굴을 와락 구겼다.

'제길! 나는 도둑질을 할 정도로 궁핍하진 않잖아! 이게 도대체 무슨 바보 같은 짓이냐!'

내심 자신을 향해 욕설을 터뜨린 운검이 얼른 붉은 보자기 쪽에서 손을 빼냈다. 어쩌다가 이런 말도 안 되는 짓거리를 하려 한 건지 당최 이해가 가지 않았다. 결코 평소의 그와는 어울리지 않는 짓이었기 때문이다.

바로 그때다.

두근!

또다시 운검의 심장이 뛰었다.

다만 저번과는 조금 다르다.

고통스럽지 않았다. 오히려 심장의 박동 수가 격렬할 정도로 빨라지더니 일시 정신이 아득해졌다. 기분 역시 말로 표현할 수 없을 정도로 좋아졌다.

극도의 흥분 상태!

그와 함께 운검은 또다시 눈앞의 붉은 보자기 쪽으로 손을 뻗었다. 무의식중에 그리했다.

촤촤촤촤촤악!

운검의 손이 닿기도 전에 붉은 보자기는 마치 폭발이라도 일어난 듯 산산조각났다. 완전히 찢어발겨져서 사방으로 날아올랐다.

'무슨?'

운검은 눈매를 가늘게 만들어 보였다. 느닷없이 벌어진 기사(奇事)에 정신이 하나도 없었다. 아직도 느닷없이 심장 쪽에서 발동한 흥분 상태에서 벗어나지 못한 것이다.

그때 그의 눈앞에 붉은색 용무늬가 음각되어 있는 갑주가 모습을 드러냈다.

적룡신갑!

무림 중에 나름대로 이름이 난 기보다.

누구든 걸치기만 하면 도검불침(刀劍不侵)에 수화불침(水火不侵)을 이룬다던가?

스스로 이룩한 무(武) 외에 어떤 것도 인정하려 하지 않는 완고한 성품을 지닌 운검은 그 같은 말에 코웃음 쳤다. 고작해야 상반신 정도를 가리는 흉갑 정도로 그 같은 경지를 이룩할 리 없다 여겼기 때문이다.

그러나 운검의 현 상태는 평소와 전혀 달랐다. 자신에 대한 통제가 전혀 되지 않고 있었다.

그는 방금 전과 달리 망설임조차 보이지 않고 눈앞의 적룡신갑에 손을 뻗었다.

저릿!

손끝을 스친 것만으로 운검은 정신을 거진 절반쯤 놓았다. 심장으로부터 시작된 폭풍 같은 흥분과 쾌감에 저항할 도리가 없었다.

그때 거짓말 같은 일이 발생했다.

철커덩!

한차례 요란한 기음과 함께 적룡신갑이 붉은색 서기를 뿜어내더니, 용이 아닌 마신의 흉상을 드러내며 운검의 상반신을 감싸 들어왔다.

―스스로 주인을 정하니, 흉신(凶神)이 강림한다!

고대마교의 유물 중 하나인 마신흉갑에 새겨진 문자가 뜻하는 대로 운검이 주인으로 결정되었다.

그와 더불어 마신흉갑의 내부로 수백 개나 되는 강침이 튀어나왔다. 스스로 정한 주인인 운검의 상반신에 위치한 백여 개나 되는 혈도를 꿰뚫어 버린 것이다.

"크아아아아악!"

운검의 입에서 통렬한 비명이 터져 나왔음은 물론이었다.

* * *

흠칫!

북궁휘는 내당 전체에 펼쳐져 있는 삼당의 천라지망을 피해 도주하던 중 신형을 가볍게 떨어 보였다.

심혼을 뒤흔드는 비명성!

그 뒤를 따른 건 하늘을 붉게 물들인 광채였다.

생전 처음 보는 광경.

만약 다른 때 같았으면 잠시 발걸음을 멈추고 구경하는 데 정신이 팔렸을지도 모른다. 그럴 만한 광경이기 때문이다.

그러나 그는 잠시 볼살을 실룩거려 보였을 뿐, 다시 발을 재게 놀렸다.

'한시라도 빨리 외당의 대연무장으로 향해야만 한다! 그곳으로 가서 구정회의 어르신들과 합류해야만 해!'

갈수록 속도를 더하는 유성삼전도!

북궁휘의 신형이 가히 하늘에서 떨어져 내리는 유성이라 해도 과언이 아닐 정도로 빠르게 이동했다. 이미 심혼을 뒤흔들었던 비명성이나 하늘을 물들인 붉은 광채 따윈 까맣게 머릿속에서 지워 버린 상태였다.

그런데 막 그가 외당으로 향하는 길목으로 들어서기 직전이었다.

쇄액!

마치 기다렸다는 듯 강전 대여섯 발이 날아들었다.

고수들이 잔뜩 모여 있는 내당에서는 결코 있을 수 없는 공격!

북궁휘는 유성삼전도를 고속으로 펼치는 와중임에도 살짝 신형을 공중에 띄운 상태로 허리를 뒤로 굴신시켰다. 공중에서 철판교를 펼친 것이다. 그것도 머리가 거의 바닥에 닿을 정도로였다.

그의 가슴 위로 강전들이 스쳐 지나갔다.

탁!

북궁휘의 수장이 바닥을 찍었다.

또다시 신형을 다른 쪽으로 바꾸기 위해 반동이 필요했기 때문이다.

스슥!

손바닥으로 얻은 반동을 이용해 그의 신형이 반대편으로 기쾌하게 회전했다.

사각!

강전이 쉽사리 노리지 못할 방향으로 몸을 피하는 데 성공한 것이다.

그것만으로 끝일 리 없다.

곧바로 신형을 절반쯤 숙인 북궁휘의 손에 단장검이 들렸다. 다른 손에는 비도 역시 들려져 있다. 뿐만 아니라 그의 발은 곧바로 지축을 강하게 찍었다.

스슥!

유성삼전도를 다시 가속시킨 북궁휘의 손에서 비도가 쏜살같이 날아갔다. 쇄금비를 펼친 것이다.

"크악!"

"커헉!"

두 개의 비명이 터져 나왔다.

'날아간 비도는 세 개인데, 비명은 두 개뿐?'

북궁휘는 자신의 쇄금비를 피한 자가 상당한 고수란 판단을 내렸다. 그렇다면 곧바로 반격이 가해져 오지 않을 이유가 없다. 전혀.

쇄액!

북궁휘의 예상대로다.

또다시 그를 노리며 강전이 날아들었다.

처음과는 비교가 되지 않는 빠르기다. 강력한 내력이 담겨 있는지 화살촉이 바르르 떨리고 있다.

북궁휘는 피할 수 없다는 걸 깨닫고 단장검을 앞으로 곧게 뻗어냈다.

검사!

그가 현재 펼칠 수 있는 최고의 검기(劍技)다. 당연히 화살 따위는 가볍게 튕겨내는 게 당연하다.

지잉!

북궁휘는 자칫 단장검을 수중에서 놓쳐 버릴 뻔했다. 검사를 펼쳤음에도 불구하고 강전의 쇄도를 완전히 막아내는 데 실패한 것이다.

찌익!

북궁휘의 뺨에 기다란 핏자국이 생겼다. 검사로 인해 미묘하게 방향이 뒤틀린 강전이 남긴 생채기였다.

주룩!

북궁휘는 뺨을 타고 흘러내리는 핏물을 소매로 대충 닦아

냈다.

 독의 유무 따윈 걱정하지 않는다.

 강전을 쏘아낸 상대가 누군지 짐작 가는 바가 있었기 때문이다.

 '와선시(渦旋矢)! 방금 전의 그 강전은 유 총관의 와선시가 분명하다!'

 와선시!

 북궁세가의 군사이자 이인자인 소리장도 유성월이 세상에 숨기고 있는 절기 중 하나다. 그는 평상시 절대로 타인 앞에서 자신의 무공을 내보이지 않았으나 북궁휘는 알고 있었다. 부친 북궁한경조차 칭찬했던 그의 궁술 실력을.

 과연 북궁휘의 예상대로다.

 그가 신형을 멈춰 세우자 전면에 유성월이 모습을 드러냈다.

 여전히 군자연한 모습.

 다만 한 가지 평상시와 달라진 점이 있다면 손에 들려 있는 삼백 근 무게의 와룡궁(臥龍弓)이다.

 "유 총관, 아버님께서 돌아가신 걸 아시오?"

 "조 당주에게 전해 들었소이다."

 "조 당주에게 전해 들었다?"

 "그렇소이다, 삼공자."

 "……."

북궁휘는 문득 가벼운 오한을 느꼈다. 북궁한경의 수족이나 다름없는 삼당의 으뜸, 장생당 역시 유성월의 배후로 둔 암중의 세력에 넘어갔음을 눈치 챘기 때문이다.

유성월이 입가에 부드러운 미소를 담았다.

"항상 궁금했소이다, 어째서 가주 정도 되는 분이 삼공자의 빼어난 오성과 재질을 외면하고 있는지를."

"그래서 북풍단과 강북 녹림십팔채를 이용해 날 죽이려 한 것이오?"

"모사인 자는 그렇소이다. 항상 모든 일이 자신이 세운 계획과 예상의 범위하에 놓여 있길 바라는 것이오. 물론 삼공자가 죽음의 위기를 넘기고 다시 북궁세가로 돌아온 건 조금 예상을 벗어난 것이었지만 말이오. 내 와선시를 피한 무공 역시 그렇고 말이오."

"좋은 사부님을 뒀을 뿐이다."

"좋은 사부? 아! 화산파의 운검이란 자를 말하는 것이로군. 확실히 괜찮은 무공을 지니고 있더구려. 하지만 애석하게도 그자는 거둬선 안 되는 제자를 둔 탓에 오늘 횡액을 피하기 어려울 것이오."

"사부님께 무슨 짓을 한 것이냐?"

"아무 짓도 하지 않았소. 다만 그가 있는 장소가 문제가 될 뿐이오. 곧 비무대 밑에 매설해 놓은 오천 근 정도 되는 화약이 폭발하고, 대연무장 주변이 기름 먹인 불화살로 뒤덮일 예정이거든."

"큭!"

북궁휘의 두 눈이 부릅뜨였다. 입 밖으론 심중의 분노를 담은 신음 역시 튀어나왔다.

화공(火攻)!

유성월이 대연무장을 삼당과 사단의 무사들로 포위한 건 섬멸전 따위를 벌이기 위함이 아니었다.

그는 고래로부터 군사나 모사들이 가장 좋아했던 '독 안에 든 쥐, 가둬놓고 불태워 죽이기'를 실행시킬 작정이었다. 천인공노할 독랄한 계획을 여전히 입가에 부드러운 미소를 담은 채 말하고 있는 것이다.

그런데 북궁휘는 옴짝달싹도 하지 못하고 있었다. 심중이 분노의 노화로 인해 활활 불타오를 지경인데도 오로지 와룡궁이 들려진 유성월의 손만을 주시하고 있었다. 그의 와선시가 지닌 위력을 이미 맛본 터였기 때문이다.

'내가 분노에 사로잡히는 순간, 유 총관은 와선시를 날릴 것이다! 그렇게 되면 내겐 더 이상의 기회가 없다!'

전력을 다한 검사조차 막아내지 못한 와선시다.

그것도 상당히 먼 거리에서 쏘아졌음에도 그러했다. 만약 이 정도로 가까운 거리에서 다시 와선시가 날아든다면 결코 막아내지 못할 터였다. 그게 바로 북궁휘의 움직임을 제약하고 있는 결정적인 이유였다.

피식!

유성월의 입가에 문득 미소가 떠올랐다. 와룡궁을 들고 있는 자신의 손에만 시선을 집중하고 있는 북궁휘가 가소로웠기 때문이다.

'삼공자, 느닷없이 검사를 펼쳐 내기에 조금 긴장했는데, 역시 궁술에 대해선 아는 게 일천하군. 궁사를 상대할 때는 궁을 들고 있는 손이 아니라 눈에 집중해야 하는 것이거늘. 게다가 내게만 집중하느라 주변에 대한 파악도 잊어버렸어.'

문득 유성월의 시선이 살짝 흔들렸다.

아주 잠시다.

그와 함께 북궁휘의 배후로 일단의 무리가 모습을 드러냈다. 장생당주 조홍주와 그의 심복 무사들이었다.

완벽한 포위!

유성월은 북궁휘가 끝났다고 판단 내렸다. 그게 그의 시선이 흔들린 이유였다.

북궁휘에겐 그것만으로 충분했다.

그는 언제 유성월의 손끝만을 주시하고 있었냐는 듯 또다시 유성삼전도를 펼쳐 냈다. 줄곧 유성월의 시선에 초점을 맞추고 있었음을 웅변하는 움직임!

'이런!'

유성월이 와룡궁을 들어 올렸다. 자신이 북궁휘에게 속았음을 뒤늦게나마 깨달은 것이다.

그러나 어느새 그의 코앞으로 쇄금비가 쇄도해 들고 있었다. 북궁휘가 던진 것이었다.

휘릭!

유성월은 얼른 고개를 옆으로 젖혔다.

무너진 자세.

그 같은 상황 속에서도 그는 와룡궁에 시위를 쟀다. 그리고 북궁휘를 향해 와선시를 날리려 했다.

그러나 어느새 북궁휘는 유성월의 코앞까지 이르러 있었다. 그의 단장검이 유성월의 머리를 노리며 떨어져 내렸다. 전광석화를 무색케 하는 빠르기!

카캉!

유성월은 와선시 쏘는 걸 포기하고 와룡궁으로 자신을 보호했다.

삼백 근의 무게.

강도 역시 남다르다. 와선시를 날리기 위해선 필수적인 사항이었다.

그게 유성월의 목숨을 살렸다.

검사가 어린 단장검의 일격을 막아낸 것이다.

데굴!

유성월은 두 번 생각할 것도 없이 나려타곤을 펼쳤다. 일단 북궁휘로부터 자신의 목숨을 구하는 게 우선이란 판단이었다. 그렇다면 나려타곤 이상의 선택은 없다.

과연 그랬다.

그는 게으른 당나귀처럼 바닥을 뒹구는 걸로 북궁휘의 두 번째 검격을 피해냈다. 그리고 단숨에 북궁휘와의 간격을 일장 이상 벌렸다.

"크아!"

북궁휘의 입에서 울분이 담긴 괴성이 터져 나왔다. 그러나 그는 유성월을 쫓아 다시 세 번째 검격을 날리진 않았다. 그리할 수 없었다.

어느새 신형을 날려온 조홍주.

그가 어느새 천붕지멸을 펼치려 하고 있었다. 그 대기를 일시 진공 상태로 만들어 버리는 권력을 북궁휘에게 쏟아내려 하고 있는 것이었다.

'지금 당장 대연무장으로 가야만 한다! 사부님께 위험을 알려야만 해!'

결국 북궁휘는 유성월을 포기했다. 운검의 목숨을 구하기 위해서 부친 북궁한경의 죽음과 밀접한 연관이 있는 유성월에 대한 처단을 포기했다.

스슥!

북궁휘가 다시 유성삼전도를 펼치자 유성월이 자세를 바로잡고 일어섰다.

어느새 당겨진 와룡궁의 시위!

와선시가 노리고 있는 건 유성처럼 앞으로 달려나가는 북궁휘의 훤하게 드러난 등판이었다.

 완벽하게 포착!

 이제 시위를 놓기만 하면 북궁휘의 목숨을 빼앗을 수 있었다.

 분명 그랬다.

 그런데 갑자기 유성월이 와룡궁을 밑으로 내려뜨렸다. 느닷없이 그의 귓전으로 파고든 전음 때문이다.

 "북궁세가의 삼공자는 내주도록 하지. 하지만 대연무장에 모인 섬서무림인들의 목숨은 안 돼. 이번엔 서패 북궁세가를 먹는 것으로 만족하는 게 좋아, 마교의 종자."

 '모사다! 모사가 아니고선 이런 식으로 말을 늘어놓진 않아. 설마 우현, 그자가 이곳에 온 것인가?'

 우현!

 오랜 세월 정파무림을 암중에서 지원해 온 구정회의 숨겨진 두뇌이자 구정회주의 오른팔로 알려진 자다.

 당연히 북궁휘와 비교될 수 없을 정도의 거물이다.

 만약 그가 북궁세가에 왔다면 결코 놓칠 수 없었다. 반드시 사로잡아야만 하는 것이다.

 '게다가 만약 우현이 진짜로 북궁세가에 왔다면 이번 화공 작전은 실패로 돌아갈 가능성이 높다! 이런 곳에서 넋 놓고 있을 때가 아니야!'

 얼른 염두를 굴린 유성월이 조홍주에게 얼른 명했다.

"조 당주, 나와 함께 대연무장으로 갑시다!"
"삼공자의 뒤를 쫓는 건 그만두는 겁니까?"
"그는 어차피 북궁세가를 벗어나더라도 사단이 서안에 펼쳐 놓은 천라지망을 뚫을 수 없을 것이오. 지금 급한 건 화공을 성공시키는 것이니……."
빠르게 말을 잇던 유성월의 안색이 가볍게 변했다.
화광충천!
그 뒤를 이은 건 천지가 진동하는 듯한 폭발음이었다. 모두 그가 향하려던 대연무장 쪽에서 벌어진 일이었다.

第三十九章

승천지룡(昇天之龍)
불꽃의 용이 승천하나 그 곁을 하나의 검이 지킨다

華山
劍宗

운검은 두 눈을 부릅떴다.

입 밖으론 짐승이 무색할 정도의 괴성이 절로 흘러나온다.

너무 아프다.

아파서 당장이라도 죽을 것 같다.

당연하다. 그럴 수밖에 없다. 적룡신갑의 겉껍질을 벗고 마갑(魔甲)으로 화(化)한 마신흉갑에 사로잡혀 버린 까닭이다. 뿐만 아니라 이 마갑의 내부에서 튀어나온 수백 개의 강침이 주는 고통이란 상상을 불허할 정도다.

"끄으! 끄으으으!"

운검은 연신 자신의 상반신에 널려 있는 혈도로 전해져 오는 고통에 비명을 지르다 못해 펄펄 뛰어댔다. 그렇게라도 하지 않고선 지금 전신의 감각 전체를 통해 파고들어 오는 고통을 이길 도리가 없었다.

콰득!

결국 운검이 날뛰는 무게를 견디지 못하고 비무대에 구멍이 뚫렸다. 단단한 판자가 박살나며 그의 신형이 밑으로 추락해 버린 것이다.

그러나 바닥에 추락한 운검은 용케도 신형을 바로 했다. 비무대의 높이가 상당했음에도 전혀 다치거나 하지 않았다. 지독한 고통으로 정신의 절반이 거진 빠져나간 중임에도 비무대 밑으로 떨어질 때 몸의 균형을 잡는 걸 잊지 않은 덕분이다.

각인!

지난 수십 년간 몸에 새겨진 무학의 기초는 이 같은 때에도 자연스럽게 발휘된다.

물론 그렇다고 해서 마신흉갑의 강침이 주는 고통이 줄어든 건 아니다.

"크으……."

또다시 입 밖으로 짐승 같은 신음을 토해낸 운검의 두 눈이 일시 가늘어졌다.

그가 떨어져 내린 비무대의 밑.

그러니까 커다란 비무대의 내부엔 꽤나 큰 동산들이 여기

저기 만들어져 있었다.

시커멓고 둥근 철구!

화약을 정제해 만들어진 고성능의 화탄(火彈)이다.

그 화탄으로 이뤄진 동산이 잔뜩이다. 뿐만 아니라 그 동산들의 밑에는 기다란 심지들이 연결되어져 있었다. 불을 붙이면 참 잘 탈 것 같다.

"화탄, 심지… 도대체 비무대 밑에 어째서 이런 것들이 쌓여져 있는 거지? 설마……."

운검이 나직이 중얼거린 것과 동시다. 그의 시야 속으로 검은 피풍의에 휩싸인 사나이가 모습을 드러냈다.

귀면탈.

귀신과 같은 빼어난 운신법.

비무대 밑에 매설된 화탄의 존재를 발견하고 해체를 위해 침투한 귀왕 소연명이다.

물론 운검이 그의 존재를 알 리 만무하다. 의도 역시 마찬가지다.

으득!

운검이 혀를 깨물었다. 계속되는 고통으로 흐려지려는 정신을 일시적이나마 일깨우기 위함이었다.

스슥!

그리고 지축을 박차며 소연명을 향해 덮쳐 갔다. 그가 화탄을 폭발시키려 한다고 착각한 때문이다.

소연명은 내심 크게 당황했다.

그는 우현의 요청으로 북궁세가에 대한 조사를 하던 중 군부로부터 근래 대량으로 화약이 밀반입된 걸 알아냈다.

당연히 쓰임새가 궁금해지지 않을 수 없다.

그는 북궁휘의 도움으로 북궁세가에 잠입한 후 계속 군부로부터 받아들인 화약의 뒤를 쫓았다. 정보 전문가답게 강한 음모의 냄새를 맡고 전력을 기울였다.

그 결과.

한 시진 전 그는 천인공노할 음모를 발견하는 데 성공했다. 곧바로 우현에게 연락해서 대처하도록 했음은 물론이다. 어찌 됐든 대학살극만은 막아야만 했기 때문이다.

그 후 그는 이제나저제나 비무대 안쪽으로 숨어들 기회만을 노리고 있었다. 계속되는 비무로 인해 강호에서 손꼽힐 정도로 빼어난 은신술을 지녔음에도 잠입이 쉽지 않았다. 그렇다고 아예 불가능한 것도 아니었다.

그는 운검과 당무결 간의 비무 중 벌어진 소란을 틈타서 비무대 밑에 잠입하는 데 성공했다.

그리고 지금 막 화약을 고도로 정제해 만들어진 화탄이 폭발하지 않도록 만들려는 참이었다. 그리만 되면 강북 하오문은 단숨에 수많은 인명을 구해낸 영웅이 될 수 있을 터였다.

그런데 이게 웬 날벼락인가!

느닷없이 비무대 바닥에 구멍이 뚫리더니, 운검이 쑥 하고 떨어져 내렸다. 그것만이면 문제가 아닌데, 느닷없이 자신을 노리고 달려들기까지 했다. 완전히 기습을 당하는 꼴이 되어 버린 것이다.

"자, 잠깐만! 나는 적이 아니네!"

"웃기는 소리!"

운검은 마신흉갑이 전해주는 고통으로 인해 천사심공의 능력이 일시적으로 마비되어 버린 상태였다. 흉측한 귀면탈을 뒤집어쓰고 화탄 더미 주변을 서성거리고 있던 소연명의 외침에 귀 기울일 까닭이 없다.

쉬악!

운검의 검결지가 공간을 격하게 가로질렀다.

공수.

그러나 범상치 않은 내력이다.

놀랍게도 내공을 잃어버리기 전의 위력에 버금간다. 마신흉갑이 전해준 고통으로 인해 스스로 정한 엄격한 내공 규제를 풀어버린 때문이다.

콰득!

소연명이 비록 강북 하오문의 신화적인 인물이라곤 하나 내공을 완전 개방한 운검의 일격을 막아낼 도리가 없다. 순식간에 그의 어깨에 구멍이 뚫렸다. 검결지에 맺혀진 자하신공에 다급히 끌어올린 호신공이 산산조각나 버렸다.

"크헉!"

나직한 비명과 함께 소연명이 신형을 휘청거렸다.

호신공이 깨지며 심맥까지 내경의 침습을 받았다. 당장 울컥하고 입 밖으로 핏물이 터져 나왔다. 꽤나 심한 내상을 입었음이 분명했다.

그런데 그중 한 방울이 운검의 마신흉갑에 튀었다.

치익!

마치 뜨겁게 달아오른 철판에 떨어진 것 같다. 핏방울은 마신흉갑에 닿자마자 순식간에 푸른 연기를 내며 소멸해 버렸다. 그리고 그로 인해 마신흉갑에 또 다른 변화가 일어났다.

뚜둑!

뚜드드드드득!

갑자기 운검의 상반신 전체의 혈도를 번갈아가며 찔러대던 강침과 함께 갑주 자체가 옥죄어들었다. 새로운 고통이 한 종류 더 늘어난 것이다.

"크악!"

운검의 입에서 다시 비명이 터져 나왔다.

두 눈 역시 부릅뜨여졌다. 이미 눈앞의 소연명은 안중에도 없다. 신경을 쓸 수 없는 상황이 되어버렸다.

"크으! 도대체 일이 어찌 돌아가는 것이냐? 이 녀석은 도대체 왜 이러는 것이고?"

소연명이 운검이 처한 상황을 이해할 수 있을 리 없다.

다만 기회다 싶었다.

그는 운검이 비명을 터뜨리며 괴로워하는 사이 얼른 구멍 뚫린 어깨를 지혈하고 뒤로 몸을 빼냈다. 다시 방금 전과 같은 일격을 당하면 그냥 목숨을 내놔야 할 판이었기 때문이다.

그런데 바로 그때다.

운검과 그가 오해로 인한 싸움에 열중해 있는 새 화탄과 연결되어 있던 심지에 불이 붙었다. 비무대 밖에서 폭발을 유도하기 위한 작업에 들어간 것이다.

당연히 불붙은 심지는 하나가 아니다.

수백 개가 넘었다.

수백 가닥으로 나눠진 심지들을 향해 불길들이 빠르게 타 들어갔다. 산처럼 쌓여진 화탄 더미들이 폭발하는 건 이제 시간문제에 불과했다.

"이런 망할!"

소연명의 입에서 욕설이 터져 나왔다. 수백 개나 되는 심지에 불이 붙어버렸다. 급속도로 빠르게 타 들어가고 있었다. 이런 상황에서 그가 할 수 있는 일이란 게 있을 리 만무하다.

'금주, 내 귀여운 제자야! 이 사부는 이런 곳에서 한 많은 생을 마감하게 되었구나! 부디 너는 무사히 이 아수라장을 빠져나가서 잘살아야 한다! 반드시 그래야 해! 훌쩍!'

주마등.

소연명의 뇌리로 작고 조그만 아이 시절, 귀엽던 소금주의 얼굴이 빠르게 스쳐 지나갔다.

단 하나뿐인 제자.

꼬맹이 시절부터 성격이 괴팍하고 생떼 쓰기를 좋아해서 속을 많이 썩였다. 그래도 머리가 좋고 애교가 넘쳐서 귀염둥이 노릇을 단단히 했다. 마지막 순간에도 그 귀여운 얼굴을 떠올리자 입가에 흐뭇한 미소가 떠오르고 만다.

바로 그때다.

비명과 함께 죽을 듯이 숨을 헐떡이고 있던 운검이 느닷없이 움직임을 보였다. 다시 소연명에게 달려든 것이다.

소연명의 귀면탈 너머의 얼굴이 와락 일그러졌다.

아주 잠시였다.

주마등처럼 떠오른 소금주의 얼굴을 떠올리며 경건하게 죽음을 맞을 생각을 하고 있었다. 그 밖에는 다른 도리가 없다고 체념한 것이었다.

그런데 지금 운검은 그런 작은 평온마저 허락하지 않고 있다. 화가 치밀어 오르지 않을 수 없다.

'이놈! 이 죽일 놈! 죽음이 바로 코앞에 이른 이때에까지 날 괴롭히는구나!'

소연명은 내심 악을 쓰면서 눈을 부릅떴다. 마지막 순간에 운검에게 욕이라도 내뱉을 작정이었다. 그렇게라도 하지 않으면 죽어서도 눈을 감지 못할 것 같았다.

"엥?"

소연명은 욕을 내뱉는 대신 눈빛을 흩뜨렸다. 순식간에 그의 앞에 이른 운검이 공격하는 대신 목덜미를 붙잡더니, 공중으로 냅다 집어 던져 버렸기 때문이다.
콰득!
소연명의 신형이 운검의 내경에 휩싸여 단숨에 비무대 바닥을 뚫고 공중으로 치솟아올랐다.
순식간에 벌어진 일이었다.
그는 어찌 된 영문인지도 모른 채 두 눈을 깜빡거렸다.

쿨럭!
운검은 난화불혈수로 소연명의 목덜미를 잡아채 잡아 던진 후 입 밖으로 피 한 사발을 게워냈다. 입매무새가 저절로 비틀려지고 있다.
'제길! 설마 강북 하오문의 귀왕이었을 줄이야! 내 실수로 화탄이 폭발하게 되었으니, 그냥 모른 척할 수도 없고……'
수백 개의 심지에 불이 붙은 광경!
그것이 고통에 정신이 절반쯤 잠식되어 있던 운검을 긴장시켰다.
찬물 한 바가지를 뒤집어쓴 것 같다.
그와 동시다.
고통의 가중으로 인해 마비되어 있던 천사심공이 극적으로 움직임을 보였다. 소연명이 주마등처럼 떠올린 상념이 물밀듯 파고들어 온 것이다.

오해!

그것도 비무대 주변에 모인 섬서 일대의 무림명숙 수백 명의 목숨을 단숨에 날려 버릴 만한 대오해였다.

운검은 곧바로 움직였다.

일단 소연명을 폭발로부터 벗어나게 한 후 어떻게든 사태 수습에 들어가려 한 것이었다.

내심 욕설을 내뱉은 운검이 검을 빼 들었다.

군데군데 녹이 슨 검.

며칠 전 위소소에게 선물받은 백련정강으로 된 검이나 당무결이 펼친 암흑파천을 받아낸 후 녹이 슬어버렸다. 독에 의한 부식이 진행되고 있는 것이다.

그러나 현재 운검은 잠가뒀던 내력을 한계까지 방출시킨 상황이었다. 병기의 유무가 그리 중요치는 않았다.

십년마일검!

완벽한 자하신공의 뒷받침과 함께 자하구벽검의 검강이 줄기줄기 일어났다.

일시 수백 가닥으로 나뉜 뇌전!

그것이 향한 건 화탄 더미를 향해 빠르게 타 들어가는 불꽃들이다.

그와 함께 잘려 나가는 수백 가닥의 심지!

완벽한 상태의 자하구벽검만이 보일 수 있는 신기다.

하지만 그것도 절반뿐.

아직도 불길이 타 들어가고 있는 심지는 반대편 화탄 더미 쪽에 수백 가닥이나 남아 있었다.

스슥!

운검은 구궁보를 극한까지 펼쳐서 반대편으로 신형을 날렸다. 또다시 검에는 자하구벽검의 검강이 줄기줄기 담겨져 있었다. 곧바로 다시 십년마일검을 펼칠 작정.

그러나 막 그의 신형이 반대편 화탄 더미 앞에 이르렀을 때였다.

치익!

수백 개의 심지 중 하나에 불꽃이 도달했다.

상인미중시!

운검은 수중의 검을 자하의 검강으로 휘감은 채 앞으로 찔러갔다.

빛보다 빠른 속도.

거의 화탄 앞에 이르렀던 불꽃이 순간적으로 소멸했다. 빛을 뛰어넘는 검강이 만들어낸 기적이다.

그것만으로 끝일 리 없다.

운검은 신행백변의 변화를 이용해 신형을 빙그르르 회전시키며 다시 검강을 사방으로 쏟아냈다.

십년마일검!

또다시 자하구벽검의 검강이 수백 가닥의 뇌전으로 변해

나머지 심지를 잘라냈다. 불꽃 모두를 순식간에 소멸시켜 버리는 데 성공한 것이다.

"후욱!"

그제야 운검의 입에서 거친 호흡이 터져 나왔다. 숨결 한 번 내쉬지 못할 정도로 전력을 다한 끝에야 대폭발의 위기에서 벗어날 수 있었다. 잠가뒀던 내력을 모조리 방출시키는 모험을 하지 않았다면 결코 있을 수 없는 쾌거였다.

그런데 바로 그때다.

치익!

운검의 귓불이 꿈틀거렸다. 방금 전 상인미중시로 소멸시킨 화탄의 바로 코앞까지 이르렀던 불꽃이 낸 것과 매우 흡사한 소리를 포착한 때문이다.

'이런!'

운검의 신형이 다시 빙그르르 회전을 일으켰다. 또다시 상인미중시를 펼칠 준비 역시 완벽하게 끝낸 채다. 다시 기적을 만들어내기 위함이었다.

기적은 더 이상 없었다.

번쩍!

운검이 신형을 돌려세우자마자 화탄이 폭발을 일으켰다.

하나뿐일 리 없다.

연달아 수천 개가 넘는 화탄들이 연쇄적으로 폭발했다. 비무대 내부를 지옥과 같은 화염으로 뒤덮고는 신형을 돌린 운검까지 휩쓸어 버리려 했다.
"……."
운검이 입을 굳게 다물었다.

*　　　*　　　*

흠칫!
북궁정은 귓전을 울린 폭발음에 잠시 걸음을 멈췄다.
이미 예상하고 있던 일.
이제 와서 놀랄 만한 사안은 아니다. 어차피 이보다 더 큰 패륜도 저지른 판이다.
"크큭, 이로써 나는 완벽하게 마도인이 되어버린 것인가? 하긴 창천혈도란 별호를 얻었을 때부터 정파인이라기엔 낯간지러운 바가 있었지."
북궁정은 어깨를 들썩이며 키득거렸다.
서패 북궁세가.
누가 뭐라 해도 지금까지 당금 정파무림을 짊어진 네 개의 기둥 중 하나였다. 정파 중의 정파라 불리는 명예로운 가문이었다. 그런데 그런 곳에서 어쩌다 보니 자신과 같은 극악한 마도인이 배출되어 버렸다.
모순(矛盾).
북궁정이 느끼는 지금의 감정을 가장 잘 나타내는 말이라 할 수 있을 터였다. 자조 섞인 키득거림에 잠시 몸을 맡기고 있는 것도 무리는 아니다.

그러나 북궁정은 곧 흐트러진 마음을 진정시켰다.

비무대에 설치된 화탄이 폭발했다.

다음은 대연무장 주변에 기름을 퍼붓고 화공을 가할 차례였다. 비무대의 대규모 폭발로 수많은 사상자와 혼란에 빠진 섬서무림 인사들을 불구덩이 속에 밀어 넣고 학살하는 것이다.

"흐음, 구경 중에 가장 재밌는 게 싸움 구경과 불구경이라고 하던데, 구경이나 가볼까?"

북궁정은 문득 떠오른 생각에 다시 입술을 비틀었다.

고약한 심사.

사부가 전수해 준 마공을 익혀서가 아니다.

대막에서 횡행하던 마적 떼를 도살하는 동안 생겨난 잔혹한 심성의 결과다. 아니, 그것도 아니다. 어쩌면 부친 북궁한경에게 물려받은 더러운 피의 대가일지도 모르겠다.

결국 상념에 젖어 있던 북궁정이 대연무장 쪽으로 걸음을 옮겼다.

불구경 때문이 아니다.

그는 이번 기회에 항상 자신의 앞에서 잘난 체하던 유성월의 솜씨를 구경할 심산이었다. 얼마나 효과적으로 섬서무림 인사들을 주살하는지 확인할 가치는 분명히 있었다.

'흠. 그나저나 오늘은 정말로 북궁세가의 피가 바짝 마르는 날이로군. 저 정도 폭발이라면 상아 녀석도 화를 피할 순 없었을 테니까. 그래도 비무초친의 대상과 함께 화장을 당했으니, 처녀 귀신은 면한 셈인가?'

북궁정의 뇌리로 북궁상아의 아리따운 얼굴이 잠시 떠올랐다 금세 모습을 감췄다.

어차피 모친을 괴롭힌 장미부인 성옥월의 딸이다.

처음부터 살려둘 마음은 없었다.

그냥 아무것도 모른 채 화장당하는 것도 그리 나쁘진 않으리란 생각이 들었다.

    *   *   *

유성월은 걸음을 조금 빨리했다.

느닷없는 대폭발!

결코 그가 명한 것이 아니었다. 아직 대연무장 주변의 포진이 완벽하게 이뤄지지 않은 상황이었다. 자칫 예정대로 완벽한 화공을 완성시킬 수 없게 될지도 모른다.

'도대체 어떤 멍청이가 내 완벽한 계획을 망쳐 놓은 것이냐! 내 결코 용서하지 않을 것이다!'

유성월의 심사를 거슬리게 만든 건 다름 아닌 우현이다.

정파인들로부터 전설적인 고대마교의 맥을 이었다는 의혹

을 받고 있는 대종교(大倧敎)의 오랜 숙적이라 할 수 있는 구정회의 군사 격인 인물이다.

동류.

유성월은 우현을 그리 생각하고 있었다. 자신의 맞수로 여기던 인물과 첫 번째 지모 싸움을 하게 된 것이다.

당연히 이런 상황에서 작은 계획의 차질조차 그는 용납할 수 없었다. 어떤 식으로든 우현의 비웃음을 사고 싶지 않다는 마음이 원인이다.

갈수록 빨라지는 유성월의 뒤를 묵묵히 따르던 조홍주가 조심스레 말했다.

"유 총관, 정말로 대연무장에 있는 모든 사람들을 몰살시키실 생각이시오?"

"그럴 작정입니다."

"적어도 장생당의 삼원로와 삼당의 무사들만이라도 피신시키면 안 되겠소이까? 앞으로 북궁세가는 구대문파와 섬서 일대 문파의 공적이 될 터인데, 내부 인사들까지 희생양으로 삼은 게 알려지면 혼란과 파장이 상당히 클 것이오."

"북궁세가가 어째서 구대문파와 섬서 일대 문파의 공적이 된다는 겁니까?"

"그야……."

조홍주가 뭐라 말하려다가 걸음을 멈추고 시선을 돌린 유성월의 표정을 보고 입을 다물었다. 그의 입가에 매달린 미묘한 미소를 발견한 까닭이다.

"이번에 북궁세가에서 벌어진 참극은 모두 북궁한경 가주를 암살하고 달아난 삼공자 북궁휘에 의해 저질러진 것입니다. 이에 동조한 사공자와 오공자는 차대 가주이신 북궁정 대공자님에 의해 단죄를 받았고요. 그렇지 않습니까?"

"유 총관, 다른 자들은 몰라도 구대문파는 그 같은 말을 믿지 않을 것이오. 반드시 따로 북궁세가에 조사단을 파견해서 오늘 벌어진 일에 대해 낱낱이 파악하려 할 것이오."

"그거면 족합니다."

"그게 무슨……."

"구대문파에서 북궁세가에서 발표한 사항을 믿지 않고 조사단을 파견하면 더할 나위 없이 좋다는 뜻입니다. 그리되면 다른 사패를 선동해서 구대문파와 전면전을 벌일 수 있을 테니까요."

"그런……."

"왜? 내가 그 정도의 일쯤 벌이지 못할 거라 생각하시는 겁니까? 사패와 구대문파를 양패구상(兩敗俱傷)시킨 후 대존주님께 무림 패주의 위를 선물할 생각입니다. 그리고 곧 대종교가 천하유일의 종교가 될 것이고요."

"……."

조홍주가 다시 입을 다물었다. 유성월의 장대한 계획을 듣고 일시 가슴이 콱 막혀왔기 때문이다.

유성월이 다시 걸음을 옮기기 시작했다. 얼른 대연무장으로 가서 자신이 계획한 장대한 계획의 첫 단추를 꿸 작정이었다. 마음이 살짝 급해온다.

*　　　*　　　*

상인미증시!

운검은 미리 준비하고 있던 자하구벽검의 검강을 자신을 향해 맹렬한 기세로 몰려오는 불꽃의 태풍을 향해 쏟아냈다.

그 순간.

빛보다 빠른 검강에 의해 양쪽으로 갈라지는 불꽃!

고작해야 한 호흡의 여유다.

운검은 곧바로 달아오른 검날을 횡으로 그어 내리곤 금일임휘시로 자신의 몸을 방어했다. 바늘 한 점 샐 틈이 없는 검막을 형성시켜 불꽃의 태풍을 막아낸 것이다.

치이익!

백련정강의 검이 녹기 바로 직전까지 달아올랐다. 자하구벽검의 검강이 검의 외벽을 둘러싸지 않았다면 단숨에 녹아버렸을 터다.

그와 동시다.

일시 운검을 덮쳤던 불꽃이 와선 모양으로 회전을 하더니, 순간적으로 작게 응축되었다. 거대한 불꽃의 핵이 비무대 전체를 날려 버리기 위해 몸을 웅크렸다가 거창한 폭발을 예비한 것이었다.

'그렇게 놔둘 순 없지!'

운검이 다시 혀끝을 깨물었다.

찝찌름한 피맛.

다시 정신이 확 든다.

그는 곧바로 검과 하나가 된 채 불꽃의 중심점을 향해 뛰어들었다.

천우도무검!

운검과 하나가 된 자하구벽검이 그의 손을 떠나 빙글거리며 회전을 일으켰다.

폭발은 바로 그때였다.

콰쾅!

거창한 폭발과 함께 운검의 몸이 승천하는 불꽃에 휩싸였다.

그대로 비무대를 박살 냈다.

불꽃과 함께 하늘 위로 끝없이 치솟아오른 것이다.

"아, 아미타불!"

"무량수불! 어찌 저런 일이 가능할 수가……."

"푸헐, 놀라 자빠지겠구나!"

비무대 주변에 모여 있던 법혜 선사를 비롯한 무림고수들의 입에서 경악성이 터져 나왔다.

그들은 비무대 바닥을 뚫고 하늘로 날아오른 소연명의 모습을 보고 일제히 귀빈석을 떠난 상황이었다. 비무대 안쪽에서 뭔가 괴이한 일이 벌어지고 있다는 판단 때문이다.

과연 그랬다.

곧바로 거창한 폭발음과 함께 비무대 전체가 통째로 날아가 버렸다.

그와 함께 모습을 드러낸 승천지룡(昇天之龍)!

하늘을 향해 용틀임하며 솟아오른 화룡의 주변을 운검은 검과 함께 빙글거리며 돌고 있었다.

전설의 어검술!

그보다 더욱 멋지다.

이곳에 모인 자들 중에 고수 아닌 자들이 드물었으나 모두 운검의 모습을 보고 탄성을 터뜨리지 않는 자가 없었다. 평생 이같이 굉장한 모습을 본 적이 없다.

다른 식으로 생각하는 사람도 있었다.

"아악! 운검 가가!"

소금주는 불꽃의 용과 함께 하늘 높이 치솟아오른 운검의 모습을 발견하곤 놀라서 엉덩방아를 찧었다.

어느새 창백하게 질린 얼굴.

당장이라도 혼절할 것만 같다. 그 정도로 놀란 것이다.

그녀의 곁.

곽철원이 탄복과 존경의 염이 가득 담긴 얼굴로 하늘을 바라보고 있다.

그는 운검 다음으로 자하구벽검에 대해 잘 안다. 그래서 지금 불꽃의 용이 어떻게 형성된 것인지 대충 짐작할 수 있었다. 덕분에 닭살이 돋아버렸다.

'저건 분명 자하구벽검의 천우도무검이다! 하지만 도대체 어느 정도까지 검강을 세밀하게 다룰 수 있기에 저런 광경을 만들어낼 수 있는지 나는 짐작조차 할 수 없구나!'

곽철원은 내심 염두를 굴리곤 절레절레 고개를 가로저었다.

그게 다였다.

더 이상 자하구벽검에 대해 아무것도 모르는 주변의 다른 고수들과 다른 점이 하나도 없었다.

꾸욱!

곽철원은 그 점을 깨닫고 자신도 모르게 양 주먹을 꽈악 쥐었다.

진영언의 놀람 역시 소금주에 못지않았다.

다만 그녀는 절정에 이른 고수답게 너무 놀라서 울음을 터뜨려 버린 소금주와 달리 안력을 돋웠다. 우선 운검이 처한 정확한 상황을 파악하기 위함이었다.

'어검술인가? 정말 대단하구나! 저렇게 높이까지 불꽃의 기둥을 인도하면서도 전혀 몸의 중심이 흔들리지 않고 있어. 저게 바로 절대의 경지인가? 그렇겠지?'

절대지경!

아직 초절정에도 이르지 못한 진영언으로선 상상조차 하지 못할 만한 무공의 경지였다.

하지만 그녀 역시 절정 급의 고수다.

안목만은 누구 못지않았다. 주변의 다른 고수들과 마찬가지로 내심 찬탄하는 한편 은근히 부럽다는 생각이 들었다. 얼마 전까지 자신과 비슷한 정도의 무공을 지녔던 운검의 놀라운 변신에 당황감 역시 느꼈다.

그런데 그녀의 안색이 갑자기 급변했다.

하늘이 끝나는 곳까지 치솟아오를 것 같던 화룡의 승천이 갑자기 끝나 버렸기 때문이다. 뿐만 아니다. 화룡과 함께 승천하고 있던 운검 역시 힘을 잃고 바닥으로 추락하기 시작했다.

"아! 아아아아……."

진영언이 자신도 모르게 소리를 질러대곤 발을 동동 굴러댔다. 순식간에 엉덩방아를 찧고는 울음을 터뜨린 소금주와 그리 다르지 않은 모습이 된 것이다.

'큭! 불꽃의 폭발력이 절대 밖으로 터져 나가지 않게 해야

만 한다! 그러려면 내 자하구벽검이 불꽃의 폭발을 한쪽 방향으로 치우치게 만들어야만 해!'

운검은 전력을 다해 자하구벽검을 펼쳤다.

승천하는 용!

딱 그 모습인 불꽃의 방향을 한쪽으로 조절하기 위함이었다.

균형과 완급.

지금 운검에게 가장 중요한 문제였다.

그런데 갑자기 그의 자하구벽검의 인도에 의해 하늘 끝 간 데까지 치솟아오르고 있던 화룡이 밑으로 방향을 바꿨다.

폭발력이 소멸해서가 아니다.

아직도 검신을 뜨겁게 달구는 화기는 여전했다. 다만 미묘하게 검강의 인도가 틀어졌다. 불꽃의 폭발력이 다른 쪽으로 방향을 틀어버린 것이다.

쉬아아아악!

운검의 귓전으로 바람 소리가 날카롭게 스쳐 갔다. 그 정도로 빠르게 그는 불꽃의 용과 함께 추락하고 있었다.

전신에 돋는 소름.

문득 운검의 눈앞으로 대연무장 외곽의 큼지막한 담장이 보였다.

상인미중시!

운검이 불꽃의 용과 함께 담장을 그대로 통과했다. 완전히 산산조각 내버렸다.

쾅!

그가 박살 낸 담장의 뒤편으로 족히 수십 명이 넘는 무사들이 비명과 함께 나뒹굴었다. 그리고 들고 있던 기름통과 함께 완전히 불바다에 휩싸여 버렸다.

당무결은 대연무장의 한쪽 담장이 박살나자마자 얼른 일성대갈을 터뜨렸다.

"탈출로가 뚫렸다! 정파의 협사들이여, 어서 내 뒤를 따라 사지(死地)를 벗어나자!"

"정파의 협사들이라……."

"이곳이 사지이긴 한데……."

혼자서 흥분한 당무결의 선동을 들으며 구정회의 기인이사들은 남몰래 한숨을 내쉬었다.

그럴 수밖에 없다.

비록 얼마 전 우현으로부터 비무대 밑에 매설된 대량의 화약에 대한 정보를 전해 듣긴 했으나 그들이 한 일은 별로 없었다. 뭔가 본격적으로 해보기도 전에 비무대가 폭발했고, 탈출로까지 생겨났다.

모두 운검이란 화산파 제자의 공적!

언제나와 마찬가지로 정파무림의 위험을 해결하기 위해 북궁세가에 몰려온 기인이사들로선 맥이 빠지지 않을 수 없었다. 뭔가 소중한 어떤 걸 빼앗긴 것 같은 기분이었다.

당연히 혼자서만 기운이 넘쳐 나는 당무결을 보고 한심한 생각이 들지 않을 수 없다. 자기가 뭐 한 일이 있다고 저리 난리를 피우고 있나 싶은 것이다.

'하긴 한순간의 실수로 평생을 마도인으로 살아야 했던 처지니, 정파인과 함께 행동하게 된 게 기쁠 수도 있을 테지.'

'쯧쯧, 구마련에서 그다지 즐겁지 못했었나 보군? 그래도 사대마종 중 한 명이면 제법 좋은 대접을 받았을 터인데…….'

'혈군자 당무결, 아주 단단히 신이 났군. 그런데 이렇게 되면 구정회에선 괜스레 얻은 것도 없이 마도에 심어놓은 아까운 패 하나만 소비하게 된 셈인가?'

구정회의 기인이사들은 내심 염두를 굴리곤 슬그머니 당무결의 뒤를 쫓았다.

이미 시작된 탈출의 시작!

둑이 터진 강물이나 다름없다. 이렇게 된 바엔 족히 수백 명이 넘는 섬서의 무림인들과 함께 묻어서 북궁세가를 탈출하는 것도 하나의 방도란 생각이 들었다.

"탈출하자! 탈출해!"

"북궁세가 내부에 문제가 발생했다! 일단은 안전한 곳으로 탈출하고 보자!"

"아무렴! 일단 신변의 안전을 위해 탈출부터 하는 것이 상책이지! 상책이야!"
 "삼십육계 주의상책!"
 구정회의 기인이사들이 언제 내심 혀를 챘냐는 듯 당무결을 쫓아 소리를 고래고래 질러대기 시작했다. 여전히 갈팡질팡 우왕좌왕하는 섬서무림인들을 한 명이라도 더 살리기 위해서란 자기 변명을 내심 늘어놨음은 물론이었다.

 "우왕! 운검 가가아……."
 소금주는 추락하는 운검의 뒤를 쫓다가 바닥에 넘어져 울먹거렸다. 넘어지면서 다리를 살짝 삐끗한 것이다.
 그때 울고 있는 소금주의 곁으로 귀면탈을 벗어버린 소연명이 다가왔다.
 운검의 일격으로 피투성이가 된 어깨.
 급히 지혈을 하긴 했으나 여전히 축 늘어져 있다. 척 보기에도 상당한 중상이다.
 소금주가 그 같은 소연명의 모습을 보고 언제 바닥에 주저앉아 있었냐는 듯 냉큼 일어섰다. 절반쯤 눈물에 젖은 두 눈이 햇빛에 반짝거린다.
 "사부님, 어쩌다가 이리되신 거예요? 누구예요! 누가 사부님을 이리 만든 거예요! 내 그놈을 잡아다가 양팔을 몽땅 부러뜨리고 다리도 부러뜨려서……."
 "네가 좋아하는 놈이다."

"거짓말!"

"정말이다. 이 늙고 힘없는 사부가 어째서 네게 거짓말을 하겠냐?"

"어쩌다가 운검 가가하고 싸우게 되신 거예요?"

"오해가 좀 있었지. 하지만 그 녀석 덕분에 또 목숨을 건지게 되었으니, 원한은 없구나."

"다행이다!"

소금주가 가슴을 두 손으로 쓸어내리며 안도의 표정을 지어 보였다. 정말로 크게 걱정한 것 같다.

'망할 것! 언제는 이 사부한테 시집오겠다고 칭얼거리던 것이……'

내심 혀를 찬 소연명이 슬쩍 목소리를 낮춰 말했다.

"금주야, 이곳은 위험하니 얼른 탈출하도록 하자꾸나."

"탈출로는 어디죠?"

"사람들이 달려가고 있는 반대 방향."

"거긴 내당 쪽이잖아요?"

"그쪽에 바깥으로 통하는 아주 커다란 개구멍이 있더구나. 고맙게도."

"쳇! 또 개구멍이에요?"

"어허! 하오문도가 탈출로에 귀천을 따지면 어쩌겠다는 것이냐!"

"그냥 말이 그렇다는 거죠 뭐. 어서 가요."

"그래."

소연명이 얼른 소금주의 손을 붙잡아줬다. 그녀가 다리를 상당히 심하게 삐끗한 걸 이미 파악하고 있었던 것이다.

    *   *   *

대연무장의 한 켠.

개미 떼처럼 무너진 담을 넘어 탈출하고 있는 무림인들을 바라보고 있는 두 사람이 있다. 폭발음을 듣고 대연무장에 온 유성월과 조홍주이다.

침묵에 잠긴 유성월에게 조홍주가 권하듯 말했다.

"사단을 움직여서 모조리 주살할 수도 있소이다."

"저 정도의 숫자라면 반드시 생존자가 나올 겁니다. 그리되면 북궁세가는 무림공적(武林公敵)이 될 것이고, 사패와 구대문파 간의 양패구상은 물 건너가게 될 공산이 큽니다."

"그렇다 해도 저들을 모두 살려서 보낸다는 건 너무 아까운 노릇이 아니오? 저들 중에는 필경 구정회의 고수들도 포함되어 있을 터인데……."

"그렇겠지요. 하지만 어차피 우현이 끼어든 이상 구정회의 고수들을 사로잡는 건 쉬운 일은 아니었을 겁니다. 지난 수백 년간 구정회는 철저하게 점조직으로 존재해 왔기에 상층부를 알아낼 도리가 없었으니까요."

"그렇구려. 그럼 앞으로 어쩌실 생각이시오?"

"일단 북궁세가를 대공자님께서 완벽하게 장악하시도록 도와야겠지요. 앞으로 북궁세가는 본 교의 섬서 지부가 될 테니까요. 그런 후……."

잠시 말끝을 흐린 유성월이 입가에 흐릿한 미소를 만들어 냈다.

"…그런 후 삼공자 북궁휘를 친부를 모살하고 북궁세가에 모인 섬서무림 인사들을 몰살시키려 한 무림공적으로 선포하는 겁니다. 그리되면 그자도 나설 수밖에 없을 겁니다."

"그자?"

"화산파의 비기, 자하구벽검의 소유자!"

"……."

조홍주는 화산파의 인물과 북궁휘가 어떤 관계인지 궁금했다. 하지만 굳이 질문을 던지진 않았다. 머지않은 때에 유성월에게서 그자에 대한 처리를 요청받으리란 판단 때문이다.

第四十章

고장난명(孤掌難鳴)
손뼉도 마주쳐야 소리가 나는 법이다

보문사.

서안 부근에 위치한 삼백 년 정도의 역사를 지닌 중급의 사찰이다.

근래 이곳에는 향화객의 발길이 뜸했다.

서안같이 역사와 전통을 자랑하는 대도에 인접한 사찰인 점을 감안하면 기이한 일이라 아니 할 수 없다.

사실은 보문사에 향화객이 사라진 건 서패 북궁세가의 대부인인 연화정이 몸을 의탁한 이후부터다. 그때부터 보문사로 이르는 모든 길목을 북궁세가에서 파견된 무사들이 철통같이 지키기 시작한 것이다.

하늘을 향해 날아오르는 향연.

보문사의 대웅전(大雄殿) 앞에 놓여진 향로에 향을 꽂아 넣고는 한차례 합장을 해 보인 북궁정이 눈을 가늘게 만들었다. 코끝을 간질이는 향연이 마음에 들지 않아서다.

'어머님을 모시고 빨리 이곳을 떠나야겠군. 이곳은 나와는 맞지가 않아.'

북궁정은 합장을 풀면서 자신의 오른손을 몇 차례 주물럭거렸다.

어느새 툭툭 힘줄이 튀어나와 있는 손.

은연중에 힘이 잔뜩 들어가 있다. 대종교의 마공을 연마한 후유증이 몸 밖으로 표출된 것이다.

그때다.

북궁정의 뒤편으로 한 명의 그림처럼 고아한 미모를 지닌 중년 미부가 모습을 드러냈다. 그가 이곳을 찾은 이유인 모친 연화정이었다.

"정이? 정이가 이곳에 온 것이냐?"

"예, 어머님!"

북궁정이 언제 눈매를 가늘게 만들고 손을 주물렀냐는 듯 얼굴 가득 환한 미소를 띤 채 모친 연화정에게 다가들었다.

그가 세상에서 사랑하는 유일한 사람.

연화정은 언제나와 마찬가지로 포근한 미소를 얼굴에 띤

채 북궁정을 맞았다.
 "정아, 대막에서 언제 돌아왔느냐?"
 "며칠 안 됐습니다."
 "가주의 허락은 받고 돌아온 것이더냐?"
 "예."
 북궁정은 대답과 함께 내심 중얼거렸다. 이제 어머니를 괴롭히던 부친 북궁한경의 허락 같은 건 받을 필요가 없다고.
 하지만 그는 자신의 내심을 숨겼다. 시앗인 장미부인 성옥월에게 떠밀려 보문사로 쫓겨올 정도로 마음이 여린 모친 연화정이 혹시 충격받을 것을 걱정한 것이다.
 연화정이 질문했다.
 "그래, 가주께서는 건강하시겠지? 이 어미는 가주를 못 본 지 꽤나 오래되었구나."
 '그런 인간의 안부를 묻다니. 어머님, 당신은 정말 바보 같으십니다.'
 내심 안색을 흐린 북궁정이 얼른 대답했다.
 "아버님은 건강하십니다. 항상 지나치게 건강하셔서 문제가 되시는 분이시죠."
 "그렇느냐?"
 "예."
 북궁정의 거짓 대답에 연화정이 안색을 화사하게 물들였다. 진심으로 자신을 버린 남편인 북궁한경의 건강이 괜찮다

고장난명(孤掌難鳴) 293

는 말에 기뻐하고 있는 것이다.

북궁정은 일순 가슴이 꽉 막히는 걸 느꼈다.

자신이 한 일!

패륜을 모친 연화정이 알게 되면 어떻게 될까?

'아마 저 연약하시고 한없이 착한 분께서는 결코 그 같은 충격을 견디실 수 없을 것이다. 그러니 나는 그냥 이분을 이곳에 놔둔 채 돌아가는 편이 낫겠다.'

내심 마음을 결정한 북궁정이 연화정에게 다가가 그녀의 두 손을 살짝 쥐어보았다.

언제나와 같이 작고 연약한 손이다.

북궁정은 마음 한 켠이 너무나 고통스러웠다. 처음에 보문사에 올 때 생각했던 대로 모친 연화정을 모시고 북궁세가로 돌아가지 못하는 게 너무나 괴로웠다.

"어머님, 소자 오늘은 이만 돌아가 보도록 하겠습니다."

"벌써?"

"아버님께서 내리신 임무를 수행하러 가야만 합니다."

"그래, 그렇구나."

연화정이 아쉬움이 담뿍 담긴 표정을 한 채 북궁정에게 고개를 끄덕여 보였다.

북궁한경의 명령!

사적으로 부자지간이라 하나 공적으론 가주지명(家主之命)이라 할 수 있었다. 북궁정이 따르지 않을 도리가 없음을 그녀는 충분할 정도로 이해하고 있었다.

　잠시 후.
　보문사를 떠나 서안으로 향하는 소로에 접어든 북궁정의 눈매가 다시 가늘어졌다.
　이번에는 향연 같은 것 때문이 아니다.
　야수와 같은 살기!
　북궁정 본연의 기세가 살아났다. 언제 유순하고 착한 아들을 연기했냐는 듯한 변화다.
　그의 눈빛이 향하고 있는 곳.
　한 명의 장대한 체격의 흑의사나이가 소로 한 켠에 있는 바위 위에 아무렇게나 엉덩이를 걸치고 앉아 있다.
　얼굴.
　세 가닥의 길쭉한 흉터가 한쪽 볼로부터 턱밑까지 형성되어 있다. 그게 전체적으로 날카롭고 고독한 느낌을 사나이에게 부여하고 있었다.
　"당신이 어째서 이곳에 있는 거지?"
　"당신?"
　흑의사나이가 나직한 반문과 함께 앉아 있던 바위 위에서 슥 하고 떨어져 나왔다.
　갑자기 대기가 진저리 치는 느낌.
　"큭!"

북궁정이 언제 도발적인 시선을 흑의사나이에게 던졌냐는 듯 나직한 신음과 함께 신형을 뒤로 몇 걸음 물렸다. 갑자기 흑의사나이의 몸 전체를 휘감고 있던 대기가 소용돌이치며 자신에게 몰려드는 듯한 착각에 빠진 까닭이다.

  물론 착각은 착각이다.

  흑의사나이는 어떤 동작도 취하지 않았고, 어떤 기운도 일으키지 않았다. 모두 북궁정 혼자서 착각하고 놀라서 신음까지 토해낸 것에 불과하다.

  다만 한 가지.

  흑의사나이의 존재감은 그사이 몇 배나 늘어나 있었다. 어째서인진 모르나 소로 전체가 그라는 사람으로 가득 차서 다른 건 전혀 눈에 들어오지 않을 정도다.

  '대사형… 못 본 사이에 이리 존재감이 더 커지다니……'

  내심 이를 간 북궁정이 입술을 한차례 실룩거린 후 대종교의 소존주이자 자신의 대사형인 사우영에게 허리를 숙여 보였다. 자존심으로 똘똘 뭉쳐진 그로선 이례적으로 크게 예의를 갖춰 보인 것이다.

  "대사형, 소제가 주변의 이목을 염려하여 결례를 범했소이다. 그 점 용서해 주시기 바랍니다."

  "결례를 범한 걸 알긴 아는 것이냐?"

  "죄송합니다."

  "아직 부족해."

"무슨?"

"내 복부에 네 마광일섬을 먹이려면 조금 더 몸을 숙이고 내력의 폭발에 정신을 기울여야만 한다는 뜻이다. 그래야만 기갑호신(氣甲護身)을 이룬 내 몸에 생채기라도 낼 수 있을 테니까 말야."

'괴물 같은 놈!'

내심 이를 간 북궁정은 더 이상 사우영의 말을 듣고 있지 않았다. 그럴 이유를 느끼지 못했다.

스슥!

유성삼전도를 이용해 단숨에 사우영과의 거리를 단축시킨 북궁정의 손에는 어느새 곡도가 들려져 있었다.

쉬악!

곧바로 펼쳐진 마광일섬!

그 어느 때보다 강렬한 광채와 함께 사우영의 심장을 노린다. 부친 북궁한경을 죽였을 때보다 더하면 더했지 결코 못하지 않는 빠르기 역시 동반되어 있다.

그러나 곡도는 사우영의 심장 바로 앞에서 동작을 멈췄다.

시간이 역류한 듯한 느낌.

그렇다.

바로 그렇다. 그렇지 않고서야 빛보다 빠르다고 알려진 마광일섬의 역수도가 목표물을 눈앞에 둔 채 이리 허무하게 동작을 멈추진 않는다.

"좋은 마광일섬. 용케도 북궁세가의 비전무공과 융합하는 데 성공했구나. 하지만 본질을 잊고 있어."

"본질?"

"그래. 중요한 건 속도가 아니라 힘이다. 너의 소천신공이 뒷받침된 마광일섬은 속도가 아니라 힘에 눌려서 내 심장을 꿰뚫는 데 실패했다."

'웃기는 소리!'

북궁정이 내심 뇌까리며 수중의 곡도를 빙글 돌렸다. 삽시간에 사방으로 확산된 도파!

이번엔 창파도법이다.

그는 진짜 전력을 다해 대사형 사우영과 대적하려 하고 있었다.

그 점을 눈치 챘음인가!

마치 문하의 제자를 훈도하는 표정으로 북궁정의 기습을 상대한 사우영이 손가락을 한차례 튕겨 보였다.

따악!

귓전을 때리는 미묘한 소음.

일순 북궁정의 두 눈이 찢어질 듯 커졌다. 동공 역시 마찬가지다. 삽시간에 폭발할 듯 확장되었다.

"크헉!"

도파를 거두고 뒤로 휘청거리며 물러서는 북궁정을 향해 사우영이 선 굵은 미소를 던졌다. 얼굴을 가로지른 세 개의 흉터가 물결치듯 움직인다.

"나를 상대할 땐 전신의 감각을 활성화시켜야 하지. 그래야만 조금이나마 허점을 찌를 가능성이 있을 테니까 말야. 그러나 그리되면 내 마벽음(魔壁音)의 밥이 될 뿐이지. 그런 기본적인 사항조차 잊고 내게 덤벼든 것이더냐?"

"……."

북궁정은 대답하지 않았다. 그럴 정신이 없었다. 단 한 차례의 마벽음에 완전히 전의 자체를 상실해 버리고 만 것이다.

따악!

다시 사우영이 손가락을 튕겼다. 북궁정을 자신이 펼친 마벽음의 거미줄에서 벗어나게 만들기 위함이다.

휘청!

북궁정이 또다시 신형을 휘청거리곤 가까스로 본래의 신색을 회복했다. 야수와 같은 얼굴 한 켠엔 어느새 은은한 두려움이 깃들어 있다.

"대사형의 은혜에 감사드립니다!"

"괜찮은 소일거리였다. 그나저나 북궁세가에 제법 괜찮은 자질을 가진 아이가 있더구나."

'유 총관! 내가 없는 사이 몰래 대사형을 받아들였구나!'

내심 유성월을 떠올리며 눈살을 찌푸린 북궁정이 사우영에게 조심스레 말했다.

"어떤 자가 대사형의 눈에 든 것입니까?"

"청명뇌음도 북궁상아라던가? 그 아이가 마음에 들더구나. 잘만 다듬으면 마황십도 중 하나를 완성할 수도 있을 것 같아."

"대사형, 상아 그 아이는……."

"안다, 너와 원수지간임을. 하지만 본 교의 지엄한 교법 중 하나가 마황십도의 완성이다. 만약 마황십도 중 하나를 완성할 만한 자질을 가진 아이라면 신분 여하를 막론하고 내 사제로 받아들일 것이다. 널 받아들였듯이 말이다."

"제게 거부의 권한은 없는 것일 테지요?"

"물론이다."

"그럼 따르겠습니다. 뜻대로 하십시오."

"당연히 그래야지. 네가 진정한 마황십도를 완성해서 날 능가할 때까진 말야."

그 말을 끝으로 사우영이 천천히 신형을 돌려세웠다.

북궁정이 놀라 소리쳤다.

"대사형, 고작 그 일 때문에 이곳에서 절 기다리신 겁니까?"

"네 마광일섬이 어느 정도 완성되었는지도 확인해야만 했다. 나는 다른 볼일이 있으니, 북궁세가와 섬서무림의 장악은 일단 네게 맡겨놓으마."

"다른 볼일이라니, 무슨?"

"마신흉갑이 당대에 주인을 선택했다고 들었다. 나는 그자에게 관심이 있구나."

'운검!'

북궁정의 뇌리로 전날 승부를 가리지 못한 운검의 얼굴이 스쳐 갔다. 마신흉갑을 뒤집어쓰고 유성월이 세운 계획 중 하나를 완전히 망쳐 놓은 사람이 바로 그임을 알고 있었기 때문이다.

"대사형, 운검 그자는……."

"그자에 대해 아는 바가 있느냐?"

"…아닙니다."

"아니다?"

"예."

북궁정은 대답과 함께 허리를 정중하게 숙여 보였다.

그가 파악한 운검의 무위!

기껏해야 자신의 백초지적에 불과했다. 그가 상대한 운검은 삼성의 내력밖엔 사용할 수 없는 제한을 받는 상태였기 때문이다.

'잘됐군. 대사형이 그 별 볼일 없는 화산파의 떨거지 뒤를 쫓는 동안 나는 북궁세가를 완벽하게 장악할 수 있을 것이다. 건방진 유 총관도 손을 봐주고 말야.'

내심 중얼거린 북궁정이 입가에 흐릿한 미소를 매달았다.

대사형 사우영.

아직은 결코 넘볼 수 없는 거대한 벽이다.

하지만 북궁정은 젊었다. 언제까지 그의 명령에 따라 움직이는 꼭두각시가 될 생각은 없었다.
사우영 역시 입가에 미소를 매달았다.
특유의 선 굵은 미소.
내심을 파악하기란 결코 쉽지 않다.

    *   *   *

"크윽!"
북궁휘는 뼈가 드러날 정도의 도상(刀傷)과 창상(槍傷)을 당한 옆구리와 어깨를 지혈하며 나직한 신음을 토해냈다.
근 며칠.
천신만고 끝에 사단의 방어진을 뚫고 서안을 탈출한 북궁휘의 전신엔 그 밖에도 크고 작은 상처가 가득했다. 마음을 독하게 먹고 단장검을 휘둘렀으나 치밀하게 좁혀드는 천라지망을 뚫기란 결코 쉬운 노릇이 아니었다.
'문제는 사단의 저력이 결코 이 정도일 리 없다는 것이다. 아무리 역도들이 아버님의 친위 세력인 도각을 처리하느라 정신이 없었다곤 해도 서안 전체의 경계망을 이리 허술하게 할 리 없으니까. 그렇다면 일부러 날 서안에서 도주하도록 놔 줬다는 뜻일 텐데…….'
서안을 탈출하기가 결코 쉬웠던 건 아니다.

적어도 몇 차례는 목숨을 걸어야 할 상황이 있었다.

그럼에도 북궁휘는 미진함을 느꼈다. 북궁세가의 대외 무력 집단인 사단의 정예가 지닌 힘이 어떠한지 누구보다 잘 알고 있었기 때문이다.

잠시 염두를 굴린 끝에 북궁휘는 한 가지 결정을 내렸다. 북궁세가에서 일부러 관부를 자극하지 않기 위해 서안 일대의 천라지망을 늦췄는지를 확인해 볼 필요성을 느낀 것이다.

도주로의 확보!

그 이전에 사지(死地)와 활로(活路)의 파악은 기본이라 할 수 있었다.

북궁휘는 다시 어렵사리 탈출한 서안으로 돌아갔다.

그의 예상대로라면 지금쯤 서안 일대에 북궁세가의 세력은 하나도 존재하지 않아야만 했다. 서안을 떠난 후 향할 수 있는 주요 대로와 관도의 요소요소를 지키는 데만도 사단 병력 전부를 사용해야만 할 터였기 때문이다.

'과연!'

북궁휘는 텅 비워져 있는 서안성 부근을 확인하곤 눈빛을 암담하게 물들였다. 북궁세가 전체가 예상대로 역도의 손아귀에 완벽하게 넘어간 게 분명하단 판단이었다.

더불어 부친 북궁한경의 죽음을 목격한 북궁휘를 무조건 잡아 죽이려 하리란 것도 쉽사리 짐작할 수 있는 일이었다.

어떻게든 그를 가주 암살범이자 패륜아로 만들어야만 무림 중에 북궁세가의 명성을 유지한 채 장악을 완수할 수 있을 터였기 때문이다.

그렇다면 이제 문제는 부친 북궁한경을 죽이고 북궁세가를 장악한 역도가 누구냐는 것이었다.

북궁휘는 맨 처음 총관 유성월을 떠올렸다.

지난 몇 년 전부터 은밀히 부친 북궁한경과 대립해 온 자!

명실상부한 북궁세가의 이인자를 용의선상에서 배제하곤 얘기가 되지 않는다.

그러나 그는 곧 고개를 가로저었다.

유성월이 비록 북궁세가의 이인자이자 뛰어난 모사이긴 하나 어디까지나 외인이었다. 북궁세가의 직계를 잇지 않은 만큼 이렇게 완벽하게 가문을 장악할 순 없을 터였다. 원로고수들의 집단인 장생당이 결코 그 같은 야욕을 좌시하지 않을 게 분명했다.

결국 유성월을 배제하자 곧 한 명의 유력한 용의자가 떠올랐다.

대공자 창천혈도 북궁정!

북궁정이 아는 그는 대부인 연화정에 관한 부친 북궁한경의 부당한 처사에 상당히 큰 반감을 품고 있었다. 노골적으로 친하게 지내던 북궁휘에게 북궁한경을 욕하고 살기 역시 종종 드러내곤 했다.

하지만 그에게 과연 북궁한경을 죽일 만한 역량이 있을지는 한번 생각해 볼 문제였다. 항상 사이가 좋지 않았던 유성월과 어떻게 손을 잡았는지도 의문이었다.

'역시 이번에 북궁세가에 불어닥친 혈풍의 배후에는 다른 무림 세력이 포함되어 있는 게 분명하다. 아버님은 그걸 깨닫고 구정회의 힘을 빌려 그 암중의 세력을 북궁세가에서 몰아내려 한 것일 테고. 도대체 천하에 어떤 세력이 감히 사패의 하나인 북궁세가를 내부로부터 뒤집어엎을 수 있는 걸까?'

북궁휘에겐 여기까지가 한계였다.

더 이상은 자세한 정보가 없는 한 아무리 머리를 굴려도 짐작해 낼 수 없었다. 근래 북궁세가와 관련된 모든 종류의 정보가 절실히 필요했다.

'귀왕과 만나야만 한다!'

내심 마음을 굳힌 북궁휘가 서안성으로 향했다.

북궁세가의 바로 코앞.

서안성 내에 숨어들어 가 상처를 치료하고 강북 하오문도와 줄을 대볼 작정이었다. 그게 지금 그가 할 수 있는 유일한 일이기도 했다.

'사부님은 무사하실 테지? 분명 그날 비무대 밑에 매설되어 있던 폭약의 폭발을 막아내고 섬서무림인들과 구정회의 고인들을 구출하셨으니까.'

문득 사부 운검에 대해 세간에 떠도는 소문들을 떠올린 북궁휘의 입가에 강인한 미소가 떠올랐다.

검종.

운검이 만든 문파의 이름이다. 그리고 북궁휘는 그곳의 두 번째 제자였다. 비록 지독한 위난에 빠졌다곤 하나 결코 이대로 꺾일 순 없었다. 그래선 사부 운검의 얼굴을 볼 낯이 없었다. 그리 생각했다.

*   *   *

흠칫!

운검은 대 자로 바닥에 널브러져 있다가 몸을 한바탕 부르르 떨어 보였다.

"우와!"

"살았다! 살았어!"

들판에 누워 정신을 잃어버린 운검의 몸을 나뭇가지로 꾹꾹 찔러보고 있던 인근 동리의 개구쟁이들이 후다닥 도망을 쳤다.

마신홍갑을 걸친 운검의 현 모습.

얼핏 보면 전장터에서 말을 달리고 창을 휘두르던 용장을 연상시킨다.

특히 정신을 잃어버린 상태임에도 손에 꽉 쥐어져 있는 반토막 난 검이 그 같은 심증을 굳게 만들어준다.

그러니 동리의 개구쟁이들로선 운검이 정신을 차리는 게 두려울 수밖에 없다. 아무리 철없는 어린 나이라곤 하나 전장의 장수를 희롱했다가는 당장 머리통이 잘려 나간다는 걸 모를 리 만무하기 때문이다.

그러나 운검의 요동은 한차례로 끝났다.

그의 몸은 또다시 축 하고 늘어졌다. 아예 정신을 차리거나 일어날 생각 자체가 없어 보인다.

호기심 많은 나이다.

어린 개구쟁이들은 언제 도망쳤냐는 듯 다시 운검의 주변으로 몰려들었다.

운검이 걸친 마신흉갑!

어린 동심을 기묘한 마력으로 끌어당기고 있다.

문득 개구진 눈알을 데굴거리며 운검을 살피고 있던 개구쟁이들 중 대장 격인 녀석이 선동하듯 말했다.

"저거, 벗겨다가 팔면 제법 짭짤할 것 같지 않냐?"

"벗겨다 팔아?"

"그래. 예전에 춘삼이 아저씨한테 들었는데, 저런 장군들이 걸치는 갑주는 대장간 같은 데 가져다주면 제법 비싸게 값을 쳐준다고 그러더라."

"하지만 그러다 저 아저씨가 깨어나면 어떡해?"

"깨어날 것 같으면 몽둥이로 대갈통을 확 때려 버리지 뭐. 그럼 별수없이 다시 잘 거야."

고장난명(孤掌難鳴) 307

"헤엑! 그러다가 죽으면 어떡하려고 그래!"

"죽으면 죽는 거지. 어차피 저 아저씨, 저렇게 누워 있다간 곧 까마귀밥이 되고 말 거라구."

"그래두……."

주저하는 개구쟁이들을 한심하다는 듯 바라본 대장 녀석이 손에 몽둥이를 들고서 운검에게 다가갔다. 역시 골목대장답게 간담이 다른 여느 녀석들보다 크다.

그런데 막 녀석이 운검 앞에 도착하기 직전이었다.

갑자기 일진광풍(一陣狂風)이 일더니, 환상처럼 붉은색 그림자가 모습을 드러냈다.

절세의 미모를 지닌 홍의미녀.

십수 일 전 북궁세가와 서안 일대를 발칵 뒤집어놓은 '비무초친의 변'이 일어난 직후 줄곧 운검의 뒤를 추격해 온 진영언이었다.

삐직!

운검의 지극히 태평스런 모습을 눈으로 살핀 진영언의 이마에 핏줄 하나가 살짝 도드라졌다.

'이 망할 인간! 남은 지난 십여 일간 죽을 고생을 해가며 서안 일대를 다 뒤졌는데, 이런 곳에 누워 잠이나 퍼자고 있는 거냐!'

진영언은 절정고수다.

운검을 목도한 후 감각을 활성화시켜 그의 호흡이 일정하고 고르다는 걸 먼저 확인했다. 내심 크게 안도가 되면서도 살짝 열이 받는 것이 사실이다.

그때 느닷없이 등장한 진영언의 눈부신 미모에 잠시 넋이 나가 있던 개구쟁이가 얼른 수중의 몽둥이를 뒤로 숨겼다.

진영언이 무림인임을 인지해서가 아니다. 정신을 잃은 상대를 몽둥이로 두들겨 패려 했던 사실을 들킬까 봐 걱정이 됐기 때문이다.

'와! 정말 예쁜 누나다! 내가 십 년만 나이가 많았으면 무슨 일이 있어도 달려들어 자빠뜨리고 색시로 삼았을 텐데!'

어떻게 달려들어 자빠뜨리면 색시를 삼을 수 있는진 아는 바가 없다.

그냥 형님이나 아저씨들이 종종 지껄이는 음담패설을 통해 주워들은 귀동냥이었다.

사실 아무리 한 동네를 장악하고 있는 골목대장이라 하나 아직 열 살이 넘지 않은 어린애였다. 어른들이나 하는 짓에 대해 알기엔 아직 한참 이른 나이였다.

그때 멍청하게 진영언을 바라보고 있던 녀석이 갑자기 바닥에 개구리처럼 자빠졌다. 진영언이 다리 뒤축을 걸어서 넘어뜨려 버린 것이다.

"아이쿠! 예쁜 누님, 왜 그러십니까?"

"예쁜 누님?"

진영언이 바닥에 자빠진 녀석을 발로 다시 짓밟으려다가

주춤했다. 꼬맹이 녀석의 말속엔 진심이 담겨 있다는 생각이 들었기 때문이다.

그렇다고 해서 그냥 넘어갈 진영언이 아니다. 일단 정신을 잃고 있는 운검에게 몽둥이질을 하려 한 놈은 조금 혼을 내줘야만 한다.

퍽!

처음의 생각보다 절반쯤 힘을 빼서 개구쟁이 녀석을 걷어찬 진영언이 죽는다고 소리 지르며 데굴데굴 구르고 있는 놈에게 빙긋 웃어 보였다.

"사내자식이 엄살은. 그 정도론 죽지 않으니까 냉큼 일어서! 계속 그런 식으로 엄살을 부리면 이번엔 진짜로 죽을 정도로 걷어차 줄 테니까!"

"넵!"

개구쟁이가 언제 바닥을 구르며 소리를 질렀냐는 듯 벌떡 일어섰다. 두 눈도 똘망똘망하다.

그 모습에 마음이 약해진 진영언이 손을 휘휘 내저어 보였다. 마음이 바뀌기 전에 얼른 꺼지란 뜻이다.

개구쟁이 녀석이 넙죽 고개를 숙여 보이곤 얼른 꽁무니를 뺐다. 그러면서도 힐끔 고개를 돌려 여전히 몸매가 그대로 드러나는 옷을 걸친 진영언 쪽을 바라보는 것도 잊진 않았다.

'아깝다! 정말로 저 예쁜 누님은 자빠뜨린 후 덮칠 가치가 충분했는데……'

놈은 다시 생각했다.

이번엔 형이나 아저씨들한테 상세하게 물어보겠다고.

어떻게 자빠뜨린 후 덮치면 색시가 생기는 건지 말이다.

진영언이 동리 개구쟁이의 이같이 황당한 심중을 알 리 만무하다. 자신에게 제법 심하게 걷어차였음에도 흠모의 눈빛을 던지는 모습을 보고 내심 기분이 흐뭇해졌다.

'쳇! 그러고 보면 나도 그리 빠지는 미모는 아닌데 말야……'

사실 진영언은 굉장한 미인이다.

특히 몸매가 매우 아름답다. 어려서부터 양부 초삼제의 권각을 바탕으로 한 무공을 익힌 데다 사부 보타신니에겐 절세의 경공인 불영신법을 사사받았다. 일반 여염집 여인들과는 몸매 자체가 차이가 날 수밖엔 없다.

그러나 근래 운검과 얽힌 후 그녀는 확고하게 가지고 있던 미모에 대한 자신감을 많이 잃어버렸다.

그럴 수밖에 없다.

희한하게도 운검의 제자들은 하나같이 잘생긴 데다 주변에 꼬이는 여인들 역시 미인뿐이었다. 진영언이 평범해질 수밖에 없는 상황이었다.

덕분에 진영언은 운검에게 마음을 두고서도 계속 주저하고 있었다. 혹시라도 그에게 거절이라도 당하면 평생 지켜왔던 자존심에 심한 생채기를 입을 게 뻔했기 때문이다.

하지만 진영언은 북궁세가에서 '비무초친의 변'을 경험하며 생각이 조금 바뀌었다.

운검이 위기에 봉착한 순간 가슴이 덜컥 떨어져 내리는 듯한 기분과 함께 두 눈엔 눈물이 핑 돌았다. 일시적이나마 그를 위해 죽을 수도 있을 것 같았다.

물론 잠시뿐이다.

그 같은 기분은 그리 오래가지 않았다.

그렇다고 해서 그때의 기분과 감정이 완전히 거짓된 것도 아니었다. 행방불명된 운검의 뒤를 쫓는 동안 그 같은 감정이 점점 고양되고 심화되는 걸 느낀 때문이다.

그래서 그녀는 이제 운검을 어떤 일이 있어도 완전히 자신의 것으로 만들기로 작정했다. 세간의 평가나 평판 같은 건 깨끗이 무시하기로 마음먹었다.

좋아하는 마음!

함께 있고 싶은 마음!

지금은 그것만으로도 족했다. 정파와 녹림의 차이 같은 건 지금 전혀 중요치 않았다.

'그런데… 손뼉도 마주쳐야 소리가 나는 법이라던데, 이 자식이 이런 내 마음을 받아주긴 할까?'

자신없다.

여태까지 운검이 보인 태도를 보면 그렇다.

하지만 그렇다고 해서 뒤로 물러설 생각도 없다. 일단은 그에게 자신의 마음을 고백할 작정이었다.

후욱!

살짝 호흡을 가다듬은 진영언이 주변을 둘레둘레 살펴본 후 운검에게 다가들었다.

손끝에 닿을 듯 느껴지는 숨결.

두 볼이 살짝 붉어져 온다.

역시 부끄럽다.

다시금 마음을 강하게 다잡은 진영언이 운검의 귓불에 살짝 입술을 가져다 대고 나직이 속삭였다.

"나! 당신, 정말 좋아해! 아주 많이 좋아해! 항상 당신이 나와 함께 있었으면 좋겠어! 이거 정말이야!"

"그래."

"으헉!"

느닷없이 들려온 운검의 중얼거림.

그가 완전히 정신을 잃은 상태라 생각하고 있던 진영언의 입에서 헛바람 새는 소리가 튀어나왔다.

완전히 놀라 버렸다.

후다닥 운검의 귓불에서 도톰한 입술을 떼어낸 진영언이 얼굴을 노을처럼 붉게 물들였다.

얼굴에 불이라도 붙은 것 같다.

부끄러움은 더했다.

당장 쥐구멍이라도 파고들어 가고 싶은 심정이다. 심장 역시 폭발할 듯 두근거렸다. 일시 시간이 완전히 정지해 버린 것 같다.

그런데 바로 그때다.

드르렁!

느닷없이 운검의 입술을 뚫고 코 고는 소리가 우렁차게 울려 퍼졌다. 정신을 잃은 상태 그대로 아주 깊숙이 잠이 들어 버리고 만 것이다.

그렇다면 방금 전의 대꾸는?

"잠꼬대냐! 잠꼬대를 한 거냐! 정말 그런 거냐구!"

"……."

언제 부끄러움으로 얼굴을 붉힌 채 뒤로 물러섰냐는 듯 운검에게 바짝 다가선 진영언이 그의 몸을 붙잡고 마구 흔들어 댔다. 당장 일어나서 방금 전에 한 말이 잠꼬대가 아니란 걸 증명해 주길 바란 것이었다.

그러나 운검은 심하게 몸이 흔들리면서도 잠에서 깨어나지 않았다. 더불어 코까지 다시 드르렁드르렁 격하게 골아대기 시작했다. 본격적으로 잠을 자겠다는 의지를 굳힌 것 같다.

털썩!

결국 제풀에 지쳐 옆에 주저앉은 진영언이 운검을 한동안 원망스레 바라보다 그를 일으켜서 어깨에 걸쳐 멨다. 이런 들판 한가운데에서 계속 잠을 자게 놔둘 순 없다는 판단이었다.

"내가 미친다, 미쳐! 어쩌다가 이런 녀석을 좋아해 가지고서……."

"그래."

"이 화상아! 그냥 잠이나 계속 퍼자라! 계속 내 속 긁는 잠꼬대는 그만 하고!"

드르렁! 드르렁!

"하아아!"

다시 터져 나온 운검의 코 고는 소리에 다시 한숨을 내쉰 진영언이 조심스레 걸음을 옮기기 시작했다. 언제 그를 흔들어 깨우려 했냐는 듯 잠에서 깨게 하지 않기 위해 최선을 다하는 모습이었다.

『화산검종』 제4권 끝

적포용왕

김운영
新무협 판타지 소설

『신마대전』『흑사자』의 작가 김운영.
그가 낚아 올리는 무협의 절정!
낚시 신동 백룡아! 장강에서 천존과 맞짱 뜨다!

적포천존(赤布天尊) 고금제일강(古今第一强)
인호타자연재해(人呼他自然災害)
40세 이후로 상대가 누구든 몇 명이든, 한 번도 패하지
않고 모두 이긴 적포천존. 70세 중반에 반로환동하여
무림인들을 절망에 빠뜨린 그가 말년에
제자를 만들어 말년에 호강할 계획을 세운다?!

**천하에 두려울 것이 없는 '자연재해'와
그의 제자들이 무림에 나타났다!**

천사무영검

**천사무영검(天使無影劍).
삼천 명의 피와 원혼으로 만들어진 악마의 병기.
그것은 검이되, 진화하는 생물이다.**

전 꽤 긴 시간을 살아왔다고요.
혼돈(混沌)에서 하늘과 땅이 갈라져 나오고
그 사이에서 여러분이 태어났잖아요.
전 그 전부터 있었어요.
그러니까 그게 깊은 어둠만이 존재할 때니까,
굉장히 오래 된 거죠.

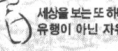 세상을 보는 또 하나의창 - inthebook.net
유행이 아닌 자유추구 - chungeoram.net

Book Publishing CHUNGEORAM

고검추산

허담 新무협 판타지 소설
FANTASTIC ORIENTAL HEROES

두 사형제가 난세(亂世)를 헤치며 만들어 나가는
기이막측(奇異莫測)한 강호(江湖) 이야기!

천하가 사패(四覇)의 대립으로 혼란스러운 시기,
세상이 혼탁해지자 강호(江湖)에는 온갖 은원(恩怨)이 넘쳐난다.
그러자 금전을 받고 은원을 해결해주는 돈벌레[黃金蟲]가 나타난다.
그런데… 비천한 황금충(黃金蟲) 무리 가운데 천하팔대고수(天下八大高手)가
나타나니…

천검(天劍) 능운백(陵雲白)!
천하팔대고수이자 강호제일 청부사의 이름이다.

그리고… 그가 두 제자를 들이니, 고검(孤劍)과 추산(秋山)이 그들이었다.
훗날 강호제일의 해결사가 되어 무림을 진동시킬 이들이었다.

유행이 아닌 자유추구 -
WWW.chungeoram.com

Book Publishing CHUNGEORAM

Book Publishing CHUNGEORAM

장랑
행로
張郎行路

진패랑 新무협 판타지 소설
FANTASTIC ORIENTAL HEROES

세상을 떨쳐울릴 영웅에게 뼈를 깎는
고난의 계절은 필연!

살수인 아비로 인해 공동파의 하늘 아래 갇힌 장랑.
그리고 그에게 닥친 상상불허의 절세 기연,

『강호잡기총요(江湖雜技總要)』

강호에 떠도는 오만 가지 잡동사니가 총망라되어 있는 서적.
그리고 거기에서는 천하제일검의 검법도 한낱 허접한 잡기일 뿐.
자상한 사부의 배려 아래 끝없는 성장을 거듭하여,
마침내 세상 밖으로 나서는데…

잔혹한 운명에 굴강하게 맞서나가는 장랑의 행로에 가슴 두근거린다.

 유행이 아닌 자유추구-
www.chungeoram.com

Book Publishing CHUNGEORAM

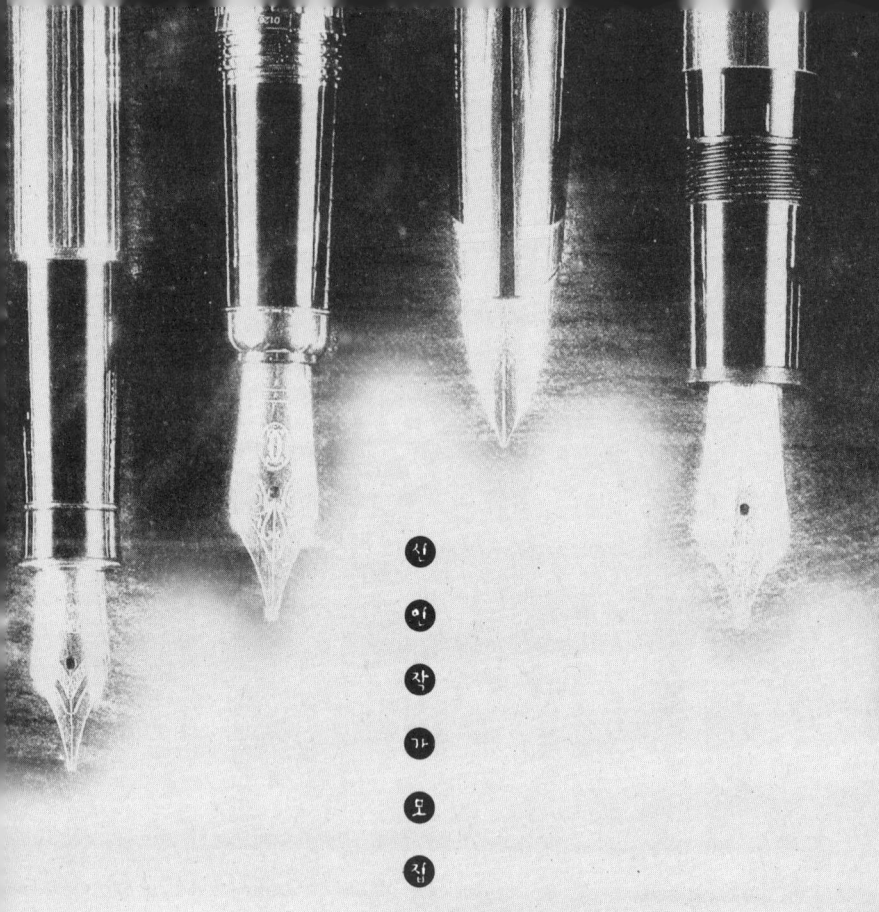

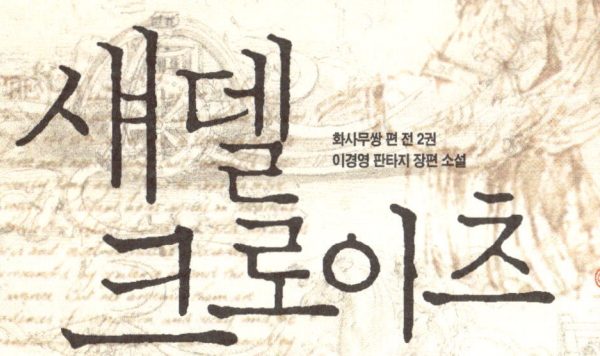

화시무쌍 편 전 2권
이경영 판타지 장편 소설

섀델 크로이츠

『가즈나이트』의 명성과 신화를 넘어설
이경영의 판타지의 새로운 상상력!

자신만의 독특한 세계관을 창조한 작가
이경영의 새로운 도전과 신선한 충격.

바란투로스의 특수부대 섀델 크로이츠의 리더 파렌 콘스탄.
야만족을 돕는 안개술사를 물리치기 위해 아시엔 대륙에서 온
불을 뿜는 요괴 소녀 카샤.
너무나 다른 두 사람이 운명의 길에서 만나다.
친구란 이름으로 시작된 모험, 그 앞에 놓인 난관과 운명의 끈은
어떻게 될 것인지……

"질투가 날 만도 하지.
요괴가 산신령을 엄마로 두는 건 흔한 일이 아니거든.
괜찮다, 파렌. 본좌가 아는 요괴들 전부 본좌를 질투하고 부러워하니까."
소녀는 손에 잔뜩 받은 빗물을 훌쩍 마셨다.
파렌은 그 순수함에 웃음을 흘렸다.
그는 지금까지 자신이 봤던 그녀의 기이한 행동들을 어렴풋이나마 이해할 수 있을 것 같았다.
그렇게 친구가 된 둘은 그 길로 긴 여행을 떠나게 된다.

-본문 중에-

 세상을 보는 또 하나의 창 · inthebook.net
유행이 아닌 자유추구 · chungeoram.net

Book Publishing CHUNGEORAM

학교에서는 가르쳐주지 않는 10대들을 위한 인생수업

작가 : 이빙 | 역자 : 김락준

10대들을 위한 나침반 같은 인생 교과서!
사회 초입에 들어서게 될 청소년들에게 들려주는
100가지 인생 이야기

내 인생의 방향잡기!
여행길에 오르기 전에 접해보자!

100가지 이야기, 100가지 명언

사람은 태어나면서부터 각기 다른 모습으로, 각기 다른 사고로 "인생" 이라는 여행길에 오르게 된다. 내가 지금 서 있는 이 위치에서 그리고 사회라는 공간에서 한 사람의 몫을 당당하게 해낼 수 있는 역량을 키워나가기 위해서는 어떠한 생각을 가지고 있어야 하는 걸까.

늦지 않게 준비하자! 스스로의 마음가짐이 자신의 미래를 결정한다!

설레는 마음으로 떠난 길일지라도 기존에 생각하고 있던 것과는 다르게 흘러가는 사회의 모습에 당혹스럽기도 할 것이다.

그러한 곳에 발을 들여놓기 위해 첫 발걸음을 막 뗀 청소년이라면 학교에서는 미처 배우지 못한 상황에 더욱이 큰 혼란스러움을 느낄 수밖에 없다.
시간이 흐를수록 사회가 한 인간에게 요구하는 것은 다양하고 세밀해지고 있다.
그러한 사회 속에서 자신만이 앞으로 나아가지 못해 제자리걸음을 하게 된다면 어떠할까.
미리 대비를 하지 않는다면 당신 역시 그러한 현상에 빠지는 또 한 명의 사람이 되고 말 것이다.

책장을 넘기는 순간, 책과 당신의 공감대가 형성된다!

적응을 위해 도움이 될 만한
인생의 지혜와 경험, 깨달음이 한가득 담겨있다.
그 속에 담긴 100가지 이야기 그리고 그와 관련된 100가지의 명언은
가슴 깊이 새겨 놓고 되뇌어 보기에 충분하다.

세상을 보는 또 하나의 창 - inthebook.net
유행이 아닌 자유추구 - chungeoram.net

Book Publishing CHUNGEORAM

공부하는 감각의 차이가 자녀의 미래를 결정한다.
이 시대가 필요로 하는 명품 인재 만들기!

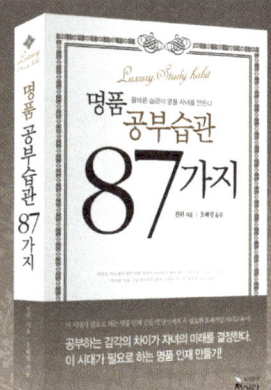

Luxury Study habit

올바른 습관이 명품 자녀를 만든다

명품 공부습관 87가지

저자 : 친위
역자 : 오혜령

❧ 똑소리 나는 부모의 똑소리 나는 자녀 교육법!

어린 시절의 습관은 평생을 결정한다.
제대로 바로잡지 못한 나쁜 습관은 자녀의 미래에 검은 그림자를 드리울 수도 있다.
대부분의 부모들은 아이의 잘못된 습관을 발견하면 언성을 높이는 경향이 있다.
하지만 그것이 문제 해결의 방법이 아님을 당신은 이미 알고 있을 것이다.
지금 당신은 적절한 대안을 찾지 못해 힘겨워 하고 있지는 않은가.
내 아이가 명품 인생으로 살아가길 희망하는 부모라면 이 책에 귀를 기울여 보자.

❧ 내 아이가 세상의 중심에 우뚝 설 수 있게 하는 방법!

이 책은 잘못된 공부습관과 대인관계 형성 등의 문제 등을
87가지 이야기를 통해 알아보고 그에 걸맞는 올바른 해결책을 제시해주고 있다.
이 한 권의 책을 통해 똑소리 나는 부모가 되어보자.
그리고 내 아이가 최고의 명품으로 거듭날 수 있도록 노력해보자.
이 책은 분명 당신에게 꼭 맞는 효과적인 자녀교육서가 될 것이다.

세상을 보는 또 하나의 창 - inthebook.net
유행이 아닌 자유추구 - chungeoram.net

Book Publishing CHUNGEORAM

Rhapsody Of Cardinal

카디날 랩소디

송현우 판타지 장편 소설

놀라운 경험(the enormous experience)!

He created a completely new world.
It is a place who have never known and where never been able to imagine.
This splendid world will introduce the enormous experience for the
person only who reads.
그 누구에게도 알려진 것이 없으며 상상조차 할 수 없었던 새로운 세계를
작가는 완벽하게 창조해내었다.
이 멋진 세계는 독자들만이 체험할 수 있는 놀라운 경험으로 인도할 것이다.

판타지는 허구다? 아니다. 판타지는 일상이다.
우리의 삶은 연속된 판타지의 연장선상에 놓여 있고,
상상은 우리의 일상을 더욱 살찌운다.
『카디날 랩소디(Rhapsody of Cardinal)』를 경험하는 독자들은
더욱 풍부한 일상 속에서 새로운 삶을 경험할 것이다.
멋진 만남! 흥미로운 경험! 이것이 『카디날 랩소디』가 가진 장점이며,
작가 송현우가 독자들에게 바라는 꿈이다.

세상을 보는 또 하나의 창 · inthebook.net
유행이 아닌 자유추구 · chungeoram.net

Book Publishing CHUNGEORAM